Gaea

Gaea

ISLAND 噩盡島 4

莫仁——著

噩盡島 4

目錄

最差的一種 …… 7
有沒有臭臭的？ …… 33
塔雅·藍多神 …… 61
我幫你們解脫 …… 83
你不是妖怪吧？ …… 109
也許我能飛 …… 135
重點不是這個！ …… 165
別留活口就沒人報復 …… 189
誰教我們沒女人味 …… 215
你們加油 …… 241

前情提要

數千年前，神話故事中的妖怪與人類本是共同生活在地球上，後來因為不明原因，兩界分離，形成今天的世界。但到了最近，由於某些因素，分離數千年的兩界，似乎即將重合為一！無數妖奇仙靈，等不及回來一探究竟。人類該如何面對這樣的局勢，拒絕還是接納、主戰還是主和……

道武門與聯合國部隊合作的噩盡島計畫，不但未能達成殲妖目的，反使得島嶼暴增百倍，妖怪群出，更演變成特殊異界環境，人類的武器與科技俱被排拒在外。入島的除妖部隊傷亡慘重，為協助尋找深陷島內的白宗等人，沈洛年趕赴噩盡島，不料遭遇強大妖怪刑天襲擊，懷真與之戰鬥，卻一去不返……

登場人物介紹

■ 16歲，西地高中二年級。
■ 乍看有些白淨文弱的少年。個性冷漠，不喜與人接觸，討厭麻煩，遇事時容易失控。

沈洛年

■ ？歲。
■ 具有喜慾之氣的白色巨狐，個性精靈調皮。三千年前因故留在人間。

懷真

■ 17歲，西地高中三年級。
■ 校內有名資優生，個性負責認真，稍有潔癖，有時容易自責。
■ 隸屬白宗，發散型
■ 武器：杖型匕首

葉瑋珊

■ 17歲，西地高中三年級。
■ 校內體育健將。個性樂觀開朗善良，頗受歡迎的短髮陽光少年。
■ 隸屬白宗，內聚型
■ 武器：銀色長槍

賴一心

■ 20歲。
■ 個性粗疏率真，笑罵間單純直接，平常活潑好動、食量奇大。
■ 隸屬白宗，內聚型
■ 武器：青色厚背刀

瑪蓮

■ 20歲。
■ 個性冷靜寡言，表情不多，愛穿寬鬆運動外套、黑色緊身牛仔褲與短靴。
■ 隸屬白宗，發散型
■ 武器：銀色細窄小匕首

奇雅

ISLAND
最差的一種

十日後，沈洛年和馮鳶、艾露等六女搭乘飛機，於香港轉機抵達昆明，再於當日轉乘小型飛機到雲南西邊的保山。

從檀香山回返昆明，當然不用這麼久，但一方面離開前要經過一定的安排；二來轉機也要等待班次，所以才花了這麼多時間。

雖然也可以選擇在台灣桃園機場轉機，沈洛年還能回家住上兩天，但因爲政治上的困擾，要讓六女來台還得增加一堆手續，最後還是選擇香港。

當時沈洛年突然決定隨酖族六女返鄉，不只是葉瑋珊吃了一驚，馮鳶等人也十分意外，但了解沈洛年來意後，馮鳶倒也欣然同意，葉瑋珊雖不明白原因，可是沈洛年既然不提，她也不好多問，只幫沈洛年把來回班次都安排妥當，交待他一定要在三月底前返回檀香山。

葉瑋珊訂的機票，是三月二十四號由昆明直飛桃園的飛機，之後沈洛年可以在台灣待上五日，再搭飛機飛往檀香山，也就是說，沈洛年在雲南一共可以待上十一天。

這時酖族六女當然早已經換下了迷彩服，穿上剪裁簡單但手工精緻的鵝黃色系寬袖上衫與寬邊長褶裙，這也是她們女巫的傳統服裝，而她們連行李箱都沒有，每個人側揹著一個彷彿書包般的帆布大包，所有東西都裝在裡面。

這六女聚在一起，可眞是和樂融融，無論到哪個地方，周圍的人總不由自主地笑望著她們，露出溫柔的表情，但沈洛年看著她們雖也挺愉快，卻無法進入那種狀態，七人站在一起，頗有點不協調。

無論是檀香山、香港甚至到昆明，六女雖然一直保持著愉悅，但東張西望的時候，多少都有點迷惘，對周圍許多不明白的景象有點畏懼，直到傍晚時分，走出保山機場，她們才眞正完全放鬆，一個個都露出了開心的笑臉。

她們開心，沈洛年可不開心，四面望去，怎麼淨是大片綠地，什麼都沒有？沈洛年不禁說：「這就是保山？」

「機場和市區有段距離。」馮鴦等人一面笑，一面帶著沈洛年往外繞，走到個四下無人之處，六女外炁一發，托著沈洛年浮空而起，向著西面飛騰。

保山西邊飛出沒多遠，地勢陡然拔高，眼前是一大片兩千餘公尺的山脈，女巫們上下飛騰間，帶著沈洛年逐漸深入山區，只見下方地形高高低低，處處都是皺摺，有的山脈南北走，有的山脈東西向，一時看不出規律，彷彿有人把這大片山地隨手一捏，擠得不成模樣。

山與山之間，河道流竄奔馳切割，高低急緩不定，偶爾出現個小聚落，裡面人們多穿著傳統服裝，看到天空七人飛過，他們不覺訝異，反而笑嘻嘻地朝上揮手，女巫們也跟著朝下揮手，似乎本來就挺熟絡。

不久，七人掠入一個小河谷，再沿著河谷往上游飛騰，經過一個彎角後，眼前谷地豁然開朗，周圍滿山茶林，谷地中央，有個擁有幾十戶草房的小村莊，數十名穿著簡樸的男女老少正聚在村前廣場閒聊。

隨著七人飛近，那群人一發現，立即熱情地招呼，不少滿臉是泥的小娃兒高興得往這兒衝，看來女巫在這地方十分受歡迎。

七人在廣場不遠處停下，周圍村人一擁而上，小娃兒們圍在一旁，拉著六女的手叫個不停，不過她們還眞的很守規矩，就算到了家鄉，還是只有馮鳶一個人可以說話，其他五女除了微笑之外，嘴巴一直緊閉著。

這群人說得雖熱鬧，沈洛年卻是一個字也聽不懂，這也許是甿族的語言吧？發音雖然有點類似漢語，但沈洛年仍無法辨認出語意。

在這過程中，不少人都好奇地偷望著沈洛年，打量著他的服裝和行李，彷彿看著什麼新鮮事物一般，馮鳶和眾人說話時，似乎有稍微介紹了幾句，但沈洛年也不知她到底說了什麼，只好繼續站著發呆。

還好馮鳶並沒有打算聊很久，過了片刻，便領著沈洛年繼續飄起，往山谷深處一塊原始林區飛去。

大約飛入了半公里遠，林中出現了一片空地，空地中有間斜頂木造長形大屋，木屋正面當中門戶大開，裡面是個十餘公尺寬的大廳。七人走上台階，只見三個也穿著鵝黃色衣衫的女子趺坐廳中，雙目半垂，似乎正在入定。

馮鳶對沈洛年比了一個等待的手勢，示意他留在門外，六女脫了布鞋，往大廳內走。

這大廳的木頭地板似乎十分乾淨，那三名女子可能是年紀更大的女巫吧？沈洛年算了算，突然一驚，如果十年才收一個女巫，最老那個豈不是近百歲了？但那幾名女子，怎麼看也頂多四十左右，和馮鳶都差不多……這些女人還眞看不出歲數，是因爲麒麟換靈，還是因爲她們總是無憂無慮？

當馮鳶等六人接近，那三名女子眼睛緩緩睜開，眾人同時露出愉快的表情，她們很迅速、開心地說著話，當然還是用沈洛年不懂的語言，過了將近半個小時，沈洛年正無聊透頂的時候，坐在當中的那名女子緩緩站起，朝他走來。

「沈先生。」女子和其他女巫一樣，頭髮都往後束起，她眼角、唇邊有著一點不很明顯的皺紋，但白皙的肌膚依然泛著光澤，只見她明眸皓齒、眉目如畫，實在看不出來眞實歲數，她正微笑說：「我是這兒年紀最長的女巫——主巫毛逸，她們都叫我逸姊，你也可以這樣叫。」

明明是阿嬤的阿嬤那種歲數了，還叫姊？沈洛年雖然暗暗好笑，卻也不敢開口叫逸阿嬤，只照吩咐喊：「逸姊。」

「她們說，你在妖怪環伺的地方救了很多人，還保護著她們退出噩盡島，又安排她們離開道武門。」毛逸說：「現在還特地送她們回來，眞是讓人十分感激。」

「沒什麼。」沈洛年說：「我本來就想來一趟……」

「對你來說可能沒什麼，但對她們來說幫助很大。」毛逸抿嘴笑說：「我沒想到，她們會被帶到幾萬里遠的地方去……這些孩子，過去最遠頂多到保山附近，若沒有人一路幫忙，恐怕回不來。」

這倒也是，在外面的世界，她們雖然仍保持歡樂的情緒，但卻也充滿迷惘，直到從保山下了飛機，才顯現出眞正的歡喜，沈洛年露出笑容，微微搖了搖頭說：「不過大家都願意幫忙她們的。」

「聽小露兒說，塔雅·藍多女巫具有的氣質對你無用？」毛逸微笑說：「你追著來，是爲了追求小露兒嗎？還是喜歡上哪個女巫？」

沈洛年吃了一驚，連忙搖頭說：「不，當然不是，我告訴過馮鴦姊……」

「嗯，鴦兒說，你想學咒戒之術。」毛逸說：「這咒術，該是小露兒告訴你的吧？剛剛我們問她爲什麼要提到這件事，她卻漲紅臉說不出口，我們大夥兒只好瞎猜了。」說到這兒，毛逸咯咯笑了起來。

這阿嬤果然一點阿嬤的樣子都沒有。沈洛年偷望了屋內的艾露一眼，見她正滿面通紅地和別人笑鬧著，似乎正被人開玩笑……她倒是挺守諾的，說了不提血冰戒的事情，就算被冤枉了還是不說，不過瞞著賴一心等人是爲了省麻煩，這遙遠天邊的酖族女巫，倒不用隱瞞。沈洛年當即說：「逸姊，我想學這法門，是爲了找人。」

「喔？」毛逸微微一驚，似乎有點意外。

「聽說兩個咒戒持有者，可以藉著咒戒找到另外一個人的蹤跡。」沈洛年說：「不知是否眞有此事？」

「典籍上確實有提到。」毛逸看著沈洛年說：「咒誓之法的原理，是在兩方同意的情況下，藉著炁息喚請『玄靈』保證兩方守誓，也確實可以藉著兩方咒戒和『玄靈』的聯繫找到對方的方位……但你既然沒有炁息，又如何學習？就算小露兒和你立下咒誓，也只有她能找你，還是……這才是你們的目的？小露兒以後打算溜出酖族找你嗎？嘻……」說到最後，毛逸又抿著嘴輕笑起來。

「這和小露沒有關係的。」沈洛年苦笑搖頭，撕開手上的膠帶說：「我要找的另有其人。」

毛逸看到血冰戒，和當時的艾露一樣，也大吃一驚，她抓過沈洛年的手，上下仔細打量，一面詫異地說：「好漂亮……這眞是咒戒嗎？眞有人辦得到？我們典籍上所記載的咒誓之術，咒戒是玄黑之色，和你這種不同。」

「不一樣嗎？」沈洛年有點失望，難道這趟白跑了？

「可能召喚的『玄靈』不同。」毛逸說：「基本原理應該類似……」

「玄靈是什麼？」沈洛年問。

「玄界之靈。」毛逸說：「存在於玄界的靈體。」

「那……沒有炁息的人，就不可能學會嗎？」沈洛年說。

「這問題先放一邊。」毛逸露出有興趣的笑容，有點興奮地說：「你和誰立下咒誓的？」

沈洛年畢竟有求於人，不能像平常一樣不予理會，只好說：「我的一個朋友。」

「眞是難得有情郎呢！」毛逸笑說：「可是你不是塔雅．藍多女巫，按規矩，不能傳你任何咒術呢。」

其實當時馮鳶等人也提過此事，不過她們畢竟個性開朗，又感激沈洛年幫著送她們回鄉，答應了要幫忙說服主巫，沒想到說了半個小時，最後還是這樣……這兒怎不裝個電話之類的東西？也省得自己跑這一趟。

沈洛年抱著希望而來，聽到這樣的結果，自然是滿懷失望，但他畢竟不慣於求人，見對方拒絕，只嘆了一口氣說：「我明白了，那我早點回去吧，可以指引我回去的方法嗎？」

「怎麼可以這樣就算了呢？」毛逸卻嗔說：「你該苦苦哀求啊，難道找不到心上人也沒關係嗎？」

這阿嬤整我嗎？到底可不可以啊？沈洛年忍不住皺眉說：「逸姊，其實立下咒誓的兩人，並不一定是情人。」

「不是情人，還有什麼事情重大到要立下咒誓？」毛逸詫異地說。

沈洛年懶得細說，搖搖頭閉上嘴巴，不想說話了。

「你這人眞不有趣。」毛逸見沈洛年一副放棄的模樣，嘟起嘴說：「其實還是有辦法啦。」

「啊？」沈洛年吃了一驚，不知道毛逸是不是又在跟自己開玩笑。

「鶯兒告訴過你，我們並非道武門的人，對吧？」毛逸突然提起一件毫無關係的事情。

「是。」沈洛年點了點頭。

「塔雅．藍多女巫的祭祀習俗，傳自遠古，確實和道武門無關。」毛逸眨眨眼說：「但是我們的道咒之術，卻是外來的……」

沈洛年吃驚地說：「莫非來自道武門？」

「嗯。」毛逸點點頭說：「那是很久很久以前的事了，有一道武門的漢人男子誤入此處，和酖族女巫交了朋友，最後在這兒住下，並把適合我們使用的道咒之術謄錄下來，讓女巫可以利用塔雅．藍多之炁保護自己和酖族。」

「啊……」沈洛年詫異地說：「但是妳們使用外炁的方式和道武門不同啊。」

「是嗎？這我就不清楚了。」毛逸有點意外地說：「前幾個月道武門派來的人，說我們可能是『唯道派』的。」

「『唯道派』……」沈洛年想起這名詞，他一怔說：「這派好像失傳了。」

「真的嗎？我們不知道這麼多外面的事情。」毛逸笑說：「那個漢人留下的書上寫，這些技法傳人不易找尋……好像是能放出外炁的人不好找，但我們女巫卻每個都可以，所以他乾脆把這些技法留給我們女巫傳承。」

原來如此，沈洛年突然明白，需要「發散型」弟子當領隊的「專修派」，都快要傳不下去了，而只能收「發散型」門徒的「唯道派」，傳承的困難度更高，況且過去重男輕女，說不定只找男弟子，那更困難，也難怪會失傳。她們既然都是麒麟換靈，所以使用的本就是麒麟之炁，可能和自己的鳳凰之炁——渾沌原息一樣屬於發散性質，和本身體質無關，難怪代代女巫都可修煉……卻不知麒麟為什麼對她們這麼慷慨？鳳凰卻似乎很難得替人換靈，懷眞還為此等了三千年……在傳說中，這些似乎是同級的神獸，不是嗎？

毛逸看沈洛年發呆，她微微一笑說：「就因爲和道武門有淵源，所以我答應派她們六人出去協助，不過現在道武門是不是好人，我不清楚，所以我要求她們盡量多觀察，少用道咒之術，讓別人以爲她們什麼都不會也沒關係，免得有貪念的壞人想辦法來謀奪這些法門。」

自己似乎變成那種人了，沈洛年尷尬地說：「我不是爲了貪圖那些法門，只是想學一種……」

「我不是說你呀。」毛逸笑說：「你若是壞人，她們不會帶你回來。」

這倒難說，這些女巫似乎挺好騙的，還好她們不顯技法，沒讓有心人注意……沈洛年說：「逸姊的意思是可以讓我學？」

「嗯，我想讓她們謄錄一本讓你帶走，找善良的道武門人在外面傳下去，也算是我們對道武門的回報。」毛逸微笑說。

「謄錄一本要多久時間？」沈洛年詫異地說：「而且……我如果不能用的話，似乎也不需要……」自己既然學不了，還帶這東西幹嘛？沈洛年畢竟不眞是道武門人，對道武門的傳承可沒什麼興趣。

「你只想找到咒誓的對象，對吧？」毛逸說。

「對。」沈洛年說。

「我剛剛想了想，也許還有個辦法讓你使用咒誓之術。」毛逸笑容微斂說：「不過我沒試過，當初試過的人也很少，是不是眞的可以還不知道。」

總是一個機會，沈洛年驚喜說：「那……我可以試試嗎？」

「已經晚了，過兩天再說吧。」毛逸一笑，回頭喊：「聊完了沒啊？天都黑了，還不弄晚餐給客人吃！讓人笑我們沒規矩。」她雖然在責備人，卻笑咪咪的，一點也沒有罵人的味道。

屋中女子們本來還在聒噪笑鬧著，被毛逸這麼一嚷，一個個笑著站起，四散去了。

過兩天？沈洛年吃了一驚：「不能早點說嗎？」

「先玩幾天再說吧，保山這附近風景很多呢。」毛逸笑說。

阿嬷，別逗我了！沈洛年額頭青筋爆起，但畢竟有求於人，他總算沒破口大罵，只結巴地說：「逸姊，最好……盡量早點。」

「你不是打算來十幾天嗎？讓我慢慢考慮那方法可不可行吧。」毛逸笑嘻嘻地說。

爲什麼要這樣？一試不就知道了？沈洛年焦急地說：「逸姊！如果早點確定不行，我可以早點離開啊。」

毛逸卻笑著搖了搖頭說：「不急於一時，隨我進來吧，我安排你住下。」

沈洛年無可奈何，只好暫時壓抑住翻臉的情緒，提著行李，苦著臉隨毛逸往內走。

這座大廳左右兩旁都有通道，毛逸引著沈洛年往左側房舍走，一面簡單介紹，一面將他引入一間木房。

這木房空蕩蕩的，正中央放著一張矮桌，左手邊有排木櫃，裡面也不知道放著什麼，毛逸微笑說：「沈先生，請先在這兒休息片刻。」跟著走出門外，掩上門離開。

這位阿嬤實在是讓人摸不透個性，沈洛年嘆了一口氣，放下行李，打開通往後陽台的門戶，走到房外。

這是一整排的長陽台，後面不遠就是一片蒼鬱的山林，這時迎面山間晚風拂來，一股涼意就這麼不請自來、滲入屋中，雲南緯度雖然偏南，但此時正當初春，這兒地勢又高，山間還是頗涼，若是沒變體的人，住這兒非得蓋棉被不可。

想了想，沈洛年目光往後山那兒望去，他一接近這個山谷，就已經感覺到後山那兒似乎有一處道息聚集之處，雖然沒有噩盡島這麼濃密，卻也很少見，比起之前月圓獵妖時所找的聚妖之地厲害許多。

因為噩盡島大幅聚集道息，所以如今除噩盡島之外，世界各地的道息反而比過去還少，雖然這幾日隱隱感覺又開始慢慢增加，但和過去相比仍頗不如。這麼一比對，沈洛年不禁暗驚，過去後山那兒恐怕是很容易出妖的地方。

但古怪的是，此時明明有道息凝聚，卻沒有感應到妖炁或人炁，代表那兒沒有妖怪存在，也沒有人準備獵殺，這可就不大符合沈洛年的經驗了，那兒妖炁雖不如噩盡島，也接近噩盡島外圍狀態了，噩盡島上到處都爬滿了小妖怪，為什麼這兒沒有？

沈洛年想不明白，只好不想，又過了片刻，屋外漸漸暗了，他回房打開行李箱，拿出離開前葉瑋珊逼自己帶走的衛星電話。

媽的，這電話眞是好大一支，沈洛年站到陽台，皺眉打開電話，按下存在話機裡的號碼。電話響沒兩聲，那端已經接起，葉瑋珊高興的聲音傳出：「洛年？順利到了嗎？」

「嗯，到酖族山裡了。」沈洛年說：「沒事吧？」

「沒事，那邊有地方充電嗎？」葉瑋珊說。

「沒有。」沈洛年說：「所以沒事我要關機囉。」

「那你每天至少要打來一次。」葉瑋珊說：「我有接到才算數。」

「不用吧。」沈洛年說。

「萬一我有事找你商量呢？」葉瑋珊說。

「語音留言。」沈洛年早想好了。

「不要，我不喜歡對機器說話。」葉瑋珊嗔說：「沒必要我才不想留言。」

「嘖。」沈洛年說：「知道了，再見啦。」

「約好了喔。」葉瑋珊說。

「好啦。」沈洛年說。

葉瑋珊這才笑說：「掰掰。」

沈洛年掛上電話後，看著電話好片刻，突然門口傳來敲門聲：「沈先生？」

「請進。」沈洛年回過神，收起電話走回房間。

「是我。」艾露提著一組提籃、一盞油燈，笑嘻嘻地走進說：「我陪沈先生用餐。」

「怎麼特別送進來？我和大家一起吃就好了啊。」沈洛年詫異地說。

「沈先生跟大家一起吃的話，只有逸姊可以說話呀。」艾露笑著走到桌旁，打開提籃，取出飯菜說：「所以由我來陪伴，這樣沈先生不會無聊，大家也不會受限制。」

「不用這麼客氣。」沈洛年在桌旁坐下說：「我自己吃也可以。」

「我陪著你不好嗎？」艾露笑說：「我不會惹你生氣的。」

「妳不怕她們取笑妳嗎？」沈洛年頓了頓說：「告訴她們血冰戒的事也沒關係。」

「你告訴逸姊了對不對？」艾露笑說：「不好玩，她們本來都懷疑你要追求我呢，我好威風喔，可惜只威風了一下。」

「嗄？」沈洛年一呆，這山裡面的女巫想法似乎和一般女子不大一樣。

「吃吧，這是蒸餌塊，白米做的。」艾露端了一碗澆上抹醬的雪白色塊狀物給沈洛年。

「謝謝。」沈洛年接過，看著桌上的四種素食，不禁有點好笑地說：「妳們吃素啊？」

「沈先生吃不慣嗎？」艾露微笑說道：「我們不吃鳥獸，但每兩天會吃一次魚，明天就有肉吃了。」

「喔，這東西挺香的。」沈洛年不挑食，挾菜配餌塊，吃了兩大碗，卻見這時艾露才吃了小半碗，還在慢慢地咬。

吳配睿吃飯速度可比她快多了，沈洛年突然想到那個還在醫院的小女孩，這次受了這麼嚴重的傷，不知道會不會嚇壞了？

「沈先生吃得好快。」艾露見沈洛年停下碗筷，笑說：「逸姊有問我們，說你性子是不是很急呢！」

說到這，沈洛年就有點氣悶，他嘆氣說：「逸姊好像很喜歡逗人，明知道我急，還一直拖時間。」以後還是盡量不要求人，日子才過得愉快，這次都是臭狐狸害的，找到她之後，一定要她好好贖罪！

「眞的嗎？」艾露歪著頭，有點意外地說：「逸姊平常不會這樣呀，她剛剛問了挺多你的事情呢！」

「那……我也不明白了。」沈洛年苦笑說。

「逸姊還交待大家幫你謄錄道咒總綱呢！」艾露說：「聽說那是我們女巫道咒之術的總起源，我們後來使用的道咒之術，都從裡面發展出來的。」

「喔？」沈洛年點頭說：「那眞是多謝逸姊了。」

「不過……拿那個會看得懂嗎？」艾露說：「現在都沒人看得懂那本耶，我們學的時候都看別本。」

沈洛年微微一呆，毛逸外表看起來沒什麼心機，難道其實城府很深，給自己一本沒用的書？不對，她若不想給，大可不要提起受過道武門的恩惠，而且她說話時並沒有什麼不愉快的氣味……只不知給本看不懂的天書能幹嘛？

「你沒有外炁，逸姊爲什麼還答應給你那本書？」艾露問。

「是因爲和道武門的因緣。」沈洛年說：「她還說可能有辦法教會我咒誓之術。」

「眞的嗎？怎麼做到的啊……會是明天教你嗎？明天我不在，看不到呢。」艾露嘟嘴說：「我要幫忙村裡運茶出去，換米糧、菜蔬。」

沈洛年回過神，微微一怔說：「妳運？用外炁托著運出去？」

「對啊。」艾露笑說：「這樣換回的食物，會分給我們一部分，而且外人不會欺騙女巫，村民自己去就難說了。」

「我剛才在想，爲什麼妳們普通話都這麼流利，原來還負責貨運呢。」沈洛年笑說。

「對呀。」艾露笑著說。

兩人又聊了幾句，艾露總算吃完，她收拾了碗筷，還打開櫃子幫沈洛年鋪好床鋪，這才露出甜甜的笑容說：「逸姊說還有事情要交待我，我先走了，沈先生早點休息。」

艾露走了之後，沈洛年看看這空蕩蕩的房間，不禁輕吁了一口氣，身處山中，什麼休閒娛樂都沒有……沈洛年再去陽台吹了一陣子風之後，只好上床，且等明日，看毛逸會不會告訴自己一些好消息。

□

早睡果然早起，天還沒亮，沈洛年就醒了過來，他去了趟廁所，提水稍微盥洗一番，走出房間，到大廳前方的廣場空地亂走。

至於女巫們，沈洛年睡下之後，她們似乎還忙了很久，所以這時還沒起床，但東方太陽才一探頭，林外村中雞鳴聲起，女巫們一個個就爬了起來，嘻嘻哈哈地準備著早上的事務。

片刻之後，百歲人瑞——主巫毛逸緩步走出大廳，往沈洛年走來。

沈洛年昨晚睡前，就想了挺久的時間，如果合情合理，他未必不能等下去，但是莫名其妙的等待，卻是挑戰他的耐性，就算為了懷真，忍耐依然是有限的，所以一看到毛逸，沈洛年馬上迎了過去。

「沈先生早。」毛逸微笑說。

她明明一點惡意都沒有啊，為什麼要整自己？沈洛年抱著疑惑，上前說：「逸姊，今天要測試那個辦法嗎？」

「我還在想呢。」毛逸微笑說。

「逸姊，我沒有資格強求。」沈洛年嘆口氣說：「但如果妳真的不願意，就直說吧，我馬上就走，至於那本總綱，我不拿也沒關係。」總算沈洛年看對方是長輩，加上對方也沒欠自己什麼，話說得雖然直，語氣還算客氣。

「你是要我今天就給你答案囉？」毛逸眨眨眼說：「否則呢？」

難道自己能轉身就走嗎？沈洛年頭痛起來，抱著頭說：「一定要想這麼久嗎？」

「你現在是爲了找一個很重要的人，所以才忍耐著沒走對吧？」毛逸又笑了起來，輕聲說：「若是和他人無關，只是你自己的事，你早就不學了，對不對？」

沈洛年一呆，終於點點頭說：「逸姊妳既然知道，幹嘛要……」

「那人對你如此重要，你還不確定是不是一定沒希望，就想離開了？」毛逸又說：「你很不理智喔。」

這話罵得沈洛年無話可說，他低下頭，抓抓腦袋說：「若要我等待的原因很合理，我會等下去，但是這樣不清不楚，我……」

「我就是爲了確定一下你的個性。」毛逸的笑容突然收了起來，凝視著沈洛年，柔聲說：「看看你的耐性和理智程度，是不是及格。」

慘了，自己鐵定不及格，沈洛年張大嘴，焦急地說：「那……那……」

「所以血饜蠱術，只能讓你學最差的一種。」毛逸搖搖頭嘆一口氣說：「這是爲你好。」

「那……那是什麼？」沈洛年這一瞬間，只知道自己這兩日表現太差，已經喪失了某種資格，卻不知道會不會影響到找懷眞的能力？

「你既然性子這麼急，這就讓你去吧，免得你度日如年。」

毛逸一笑，回頭喊：「小露兒。」

艾露似乎本就躲在大廳門旁，聞聲馬上奔了出來，手上還提了個小布包，笑吟吟的臉上滿是喜悅。

沈洛年不明其意，看看艾露又看看毛逸，說不出話來。

「血饜蠱術，我們誰都沒學過。」毛逸微微一笑說：「年紀越大，學新東西越慢，昨晚大夥兒研究了一下，還是小露兒學最快，就讓她幫你吧。」

「小露……」沈洛年說：「今天不是要下山嗎？」

「那隨便找個人代替就好了。」毛逸笑看著沈洛年說：「怎麼你這會兒又不急了？不想學了嗎？」

「啊？要、要學。」沈洛年忙說。

「小露兒，去吧。」毛逸微微點了點頭。

艾露對沈洛年一笑，揮手間外炁泛出，帶著沈洛年飄起，往後山森林中掠去。

這會兒又這麼快了？飛出十餘公尺後，沈洛年忍不住說：「爲什麼突然……」

「逸姊昨晚說，她早些時逗你，是想知道沈先生的個性。」艾露笑著說：「知道以後，當然沒必要繼續拖了，不過逸姊說，你一日也忍不住，性子太急，這樣會吃虧的。」

人家雖然整天嘻嘻哈哈，活了近百年總不是白活的，沈洛年又尷尬又心服，一時說不出話來。

艾露飛得極快，流暢地在林間穿梭，沒過多久，眼前山勢突然高起，艾露領著沈洛年飛落在一處崖根坳處，手一揮，一股力量被炁息所引，倏然穿出，將一塊不起眼的山石旋滾開來，一個彷彿人工開鑿的山洞，出現在兩人面前。

艾露一面往內走一面說：「走吧。」

「小露，」這洞內深處，正是沈洛年一直注意的道息集中區，他忍不住說：「這兒爲什麼沒出妖？」

艾露一怔，停下腳步問：「你看得出這兒的古怪？」

「嗯……」這群女巫幾乎不會出世，沈洛年實在有點懶得隱瞞，點點頭說：「這兒是道息凝聚地吧？」

「你也會看風水氣脈？只這一瞬間就看出來了？好厲害！」艾露詫異地說：「你說的沒

錯，這兒深處是妖聚穴……不過只會出沒智慧的小妖，一段時間進來清清就好，但去年年底天下大亂之後，不知道為什麼，就不大出妖了。」

小妖不出，是因為過去那次道息震盪，散逸妖炁消耗得差不多了，但這種濃度，為何只會出小妖？至少可以出低級的靈妖吧，若是有幾個道武門人來聚集道息，說不定能跑出比狼妖還高級的妖怪……不過沈洛年感覺到，艾露雖沒說謊，卻似乎隱瞞著什麼，沈洛年心念一轉，想到對方也許有不便說明之處，於是只點了點頭，不再多說。

「這是我們酖族女巫的聖地。」艾露繼續往前走：「逸姊交代，希望你守口如瓶，別對任何人提起此地。」

「我一定會辦到。」沈洛年暗想，莫非這就是艾露過去提到的「神居窟」？

走著走著，艾露從牆上拿下兩盞油燈，用放在一旁的廉價打火機點起，遞了一盞給沈洛年，兩人繼續往內走，一路上，兩旁放了一排排密封疊起的陶燒大缸，挺像酒甕，不過這兒既然是聖地，裡面該不會放酒才對吧？

很快地又繞過了一個彎道，眼前突然出現一片圓形空穴，除了周圍洞壁邊依然是無數的大酒罈之外，中間立著一張石桌，桌上放著個用石蓋蓋著、旁邊有洞的石碗，除此之外，只有一條繼續往內深入的洞道。

「就是這兒！」艾露停下腳步說：「更後面你不能進去喔。」

「喔？」沈洛年往後看了一眼，心中有數，到這距離他已經感應到，後面果然藏著東西，也許就是因爲那東西鎮著，才只會出小妖？不過這是女巫的祕密，自己還是別多問，當下沈洛年點點頭，停下腳步，打量著那石台。

「酖族女巫，看守著這個妖聚穴已經很久很久。」艾露把油燈放在石桌上，示意沈洛年也照做，一面說：「昨晚逸姊才告訴我們，在那個道武門漢人入山前，我們除妖護族的方式是使用蠱術，這就是製蠱台。」

蠱術……沈洛年聽過這名詞，他呆了呆說：「很多隻蟲放在一起互相咬，那種蠱術嗎？」

「那只是激發凶性的一個手段。」艾露笑說：「蠱，就是蠱妖，也只是妖怪的一種，只要掌握了煉妖之法，並在成妖時控制，就能成爲受人使喚的蠱。」

沈洛年愣愣地點頭說：「要我學那種東西嗎？帶著……蠱妖？」

「既然是妖，就有妖炁。」艾露認眞地說：「當你能自由控制蠱妖妖炁時，便能藉著妖炁使用咒誓之術，就可以試著用咒戒找到懷眞小姐了。」

原來如此！沈洛年拍手說：「好辦法！」

艾露搖了搖頭，突然咳了兩聲，老聲老氣地說：「普通人想自由控制蠱妖，必須餵食精血，蠱妖將精血轉化回妖炁，從而爲你所控，強大的蠱妖，耗用的精血就多，一個不慎，可能就這麼耗盡精血而亡，所以煉蠱之人，遇事時耐性和理智是最重要的……這是逸姊說的。」

「呃……」沈洛年終於明白爲什麼要測試自己，一時眞有點抬不起頭。

「最強大的蠱，是飛蠱，不用時縮小隨身，攻擊時藉精血脹大，具有靈智，可與主人心意結合，能自由運使妖炁飛騰攻防。」艾露笑說：「逸姊說，你這種個性，一遇上強敵，頭一昏，可能把全身精血都放給蠱蟲了，敵人死不死還不知道，自己就先完了，不能讓你用。」

媽的，那阿嬤看得好準，沈洛年哭笑不得，尷尬地說：「是。」

「其次是身蠱，平時隱於體內，在一定距離內，可暗暗鑽入敵人軀體，將對方咬噬而死，這種蠱法太過陰毒，主要攻擊對象又是人類，並非妖物，我們不選擇這種方式。」艾露頓了頓說：「所以只剩下最後一種。」

「那是哪種？」沈洛年問。

「最簡單的影蠱。」艾露說：「幾近無智、妖炁低微，只能由你操控，無法自行攻敵，因爲沒有形體，不能對敵人直接打擊，通常是拿來嚇人的，逸姊要我讓你養這種蠱。」

「啊？」沈洛年不禁苦著臉，只能嚇人？會不會太差勁了？

ISLAND
有沒有臭臭的？

「血饜蠱術，是用精血餵養蟲蟲。」艾露斂起笑容說：「我們塔雅．藍多女巫，因爲具有塔雅．藍多之炁，以此餵養蟲蟲，比餵養精血效果高出很多，才能藉此除妖，但蠱術畢竟有缺點，體弱時，要小心強大的蠱蟲反噬，過世前，又要先把蠱妖處理妥當，免得遺禍，所以學會道武門法術後，女巫們就不再使用蠱術了。」

原來會有缺點？沈洛年遲疑了一下說：「所以我也要小心影蠱？」

「那種該不會。」艾露說：「影蠱智力低下，不懂反噬，因爲沒有形體，蠱主過世後也隨之消散，不會有後遺症，缺點就是太弱了，養久之後，也只能當個簡單僕役，但相對的，因爲沒有形體，你想塞牠多一點精血，牠也吞不下去，很適合沈先生。」

無用就無用吧，沈洛年也無所謂，只說：「那影蠱的妖炁夠我找人嗎？」

「養一陣子之後應該可以吧？」艾露沒什麼把握地說：「立咒誓耗用的炁息應該較多，找人只需要打開玄界門戶，那需要的很少。」

「好吧。」沈洛年嘆口氣說：「至少沒白走一趟。」

「完成後，除非你送牠出去嚇人，平時影蠱會散去妖炁，成爲一個蟲形小影，附在你身上。」艾露笑說：「可不准拿來嚇我們喔！」

「不會啦。」沈洛年笑說。

「你知道這些以後，還是決定要養蠱嗎？」艾露看著沈洛年問：「逸姊要我警告你，雖然古籍中明載製蠱養蠱之術，我們卻都沒當眞養過蠱，說不定會有什麼不知道的缺點喔。」

「我願意試試。」老實說，要是前兩種，沈洛年說不定還會遲疑一下，既然影蠱沒什麼缺點，頂多是身上多個沒用的黑斑，有什麼了不起的？

「好吧，那就來試試，其實我也只來得及學會製造影蠱之法，這是入門蠱術。」艾露吐吐舌頭說：「另外兩種難多了。」

身蠱就不提了，看來就算自己理智又有耐心，這十一天的時間，也未必能學到飛蠱之術，想到此處，沈洛年倒也不怎麼覺得可惜了。

「沈先生喜歡哪種蟲蟲？」艾露打開那有孔的石蓋放在一旁，裡面出現了個有蓋的小金碗，她將提在手中的小布包打開，倒出一袋黑色炭末之類的東西，均勻地在小金碗周圍鋪下厚厚一層，一面說：「反正不是飛蠱，不用選凶猛有毒性的，蟲或小型動物都可以，可是……別選小動物好不好？」

「好。」沈洛年說：「無所謂。」

「那我們出去逛逛，就由先看到哪一種蟲來決定，好不好？」艾露倒好粉末，興奮地說。

「都好。」沈洛年說。

「走。」艾露當即帶著沈洛年提燈往外走，一面在地上東張西望。

「在找什麼？」沈洛年問。

「看有沒有蟑螂、跳蚤。」艾露得意地說。

「啊？」沈洛年皺眉說：「找點不討人厭的好不好？」

「我們說好用第一個看到的。」艾露笑說：「不可以反悔。」

隨便了，她高興就好，沈洛年沒怎麼用心找，一路隨著艾露往外走。

走到洞口，也不知道是不是沈洛年的運氣，倒沒出現什麼蟑螂、跳蚤，艾露抬頭四面望了望，突然露出笑容說：「有了。」她伸手讓外炁泛出，跟著倏然收回，在手中不知握著什麼。

沈洛年剛剛沒注意艾露的動作，直到她施放外炁才轉頭，已經來不及看到她掌中之物，卻不知道是抓到了蚊子還是蒼蠅？沈洛年好奇地問：「是什麼？」

「不告訴你。」艾露笑咪咪地說：「跟我進來。」

沈洛年只好苦笑著隨她走入，兩人一前一後，又回到那製蠱台之前，艾露揭開小金碗蓋子，快手快腳地把手中的小蟲放入碗中，一面快速蓋了起來。

沈洛年見艾露還故意用身體擋著自己的視線，不由得有點好笑地說：「到底是什麼？」

「咯咯。」艾露笑著說：「等等就知道了。」

沈洛年笑了笑，也不問了，站在旁邊等候。

「我們雖然幫你製蠱，但逸姊說別傳你製蠱之術。」艾露笑容又突然收斂起來，嘆了一口氣說：「這法門挺殘忍，要是你選小動物，我會不大忍心。」

殘忍？沈洛年不大明白，但人家說了不傳，自然不便詢問，只好在一旁靜默著。

接著艾露取出火柴，點火往下一扔，那片黑色粉末倏然冒出大片青色火焰，同時她快速蓋下石碗，青色焰光從石碗通氣洞中透出，只不過幾秒鐘的時間，那石碗似乎因爲過熱而透出紅光，跟著幾分鐘過去，青焰漸漸消失，但這石碗似乎構造上有點特殊，依然發紅了好片刻。

原來是燒了那隻蟲？難怪艾露不想抓小動物，這樣燒死實在挺可憐。

「接著就是種蠱精了。」艾露歪著頭想了想，點頭說：「應該沒錯。」

「啊？」沈洛年忍不住說：「應該？」

「我也沒試過啊！」艾露回頭白了沈洛年一眼說：「昨晚大家臨時找記載、查方法的。」

「呃……」沈洛年只好乾笑。

「反正萬一失敗了，就多做幾次，蠱精很多，影蠱用得也省。」艾露四面看看，走到一個大酒缸旁，將蓋子打開看了看，一面拿了支小勺子，往裡面舀了一小勺出來。

那個酒缸和其他酒缸不同，倒沒封口？沈洛年說：「那是酒嗎？」

「蠱精。」艾露手一伸，讓沈洛年看了看，一面說：「妖炁濃縮到最後的東西。」

沈洛年一看，只見勺內液體宛如水銀一般泛出金屬光芒，他吃了一驚說：「妖質？」

「妖質是什麼？」艾露歪頭說。

「外面……道武門叫這東西妖質。」沈洛年大吃一驚，四面一指說：「這些大酒缸都是嗎？妳們又不變體，存這麼多幹嘛？」

「變體？」艾露不大明白，搖搖頭說：「死掉的妖怪若不煉成蠱精、好好收著，腐化之後，慢慢又會轉化為妖炁，最後又會聚集出妖，煉成這樣才能長久保存，以前女巫煉蠱還會用掉一些蠱精，後來我們不修蠱術，就只好一直存著了。」

「這些……存了多久了啊？」沈洛年詫異地說。

「不知道。」艾露笑說：「和酖族歷史應該差不多吧，裡面還有幾百缸呢。」

「啊？」沈洛年嘴巴闔不起來，若葉瑋珊他們妖質不夠，能不能來這兒討一點啊？

「接下來很難，不要吵喔！」艾露轉過頭，右手虛托，左手的妖質往下倒，一股外炁將妖質柔和地包覆著。

接著她放下小勺，雙手拓開外炁，並凝聚著周圍的道息，慢慢把道息匯聚到那浮空的妖質周圍，隨著道息凝聚，那團妖質似乎也漸漸產生變化，緩緩地膨脹收縮，似乎漸不穩定起來。

又過了片刻，那道息凝聚之處，倏然產生變化，若換另外一個人，可能看不出所以然來，但沈洛年卻很清楚地感受到，因爲道息的凝聚，那兒在這一瞬間，已經開闢了和仙界的通路。

也就在這一瞬間，那團妖質突然化成有點濃稠的氣體，艾露手一動，通路又關了起來，那股妖質化成的氣體這時彷彿有生命一般，鑽入石碗之中。

「接下來就是立蠱約了。」艾露鬆開手，遞過小勺說：「勺尾有刺，你把手指戳個小洞，準備餵食精血，一點就好。」

沈洛年點了點頭，拿過小勺，想想又停下說：「要立誓之前，我再戳。」他突然想起，太早戳的話，等等可能又合口了。

「好吧。」艾露卻以爲他怕痛，抿嘴笑了笑才說：「那我先把順序說一遍，等等我會將妖質、蟲屍、你的精血混成一氣出妖，並讓初生的蠱妖藉精血和你結誓約，你就說——『以蠱爲影、以此爲饜、賜汝壽形、賜汝魂命、終身相隨、任我驅策，誓！』把這背起來。」

沈洛年唸了一次，一面皺眉說：「有點繞口。」

「有本書說，古時本來是『以血爲饜』。」艾露說：「不過女巫因爲用塔雅・藍多之炁餵食，所以改成『以此爲饜』，不過我不敢隨便改回去……還是用『以此爲饜』吧，應該也可以，說到這句的時候，記得把血滴進去喔。」

對了，女巫不用滴血……倒忘了這件事，沈洛年想了想說：「那個……我也有一種炁，可以嗎？」若從懷眞的角度看來，渾沌原息應該比所謂的精血豐富、好吃、營養多了，既然麒麟之炁可以拿來餵，鳳凰之炁應該也可以吧？

「你有什麼炁？能讓蠱妖獲得生命嗎？」艾露笑問：「還是你怕痛？」

「不是啦，那是一種不容易感受到的炁。」沈洛年苦笑說：「我也不知道可不可以，說不定蠱妖也感受不到。」

「好吧，試試看。」艾露想了想又說：「不行重來就好，反正影蠱只需要燒蟲成灰，比較簡單，準備好了嗎？」

「嗯。」沈洛年點頭。

「等會兒我說好的時候，就送你說的炁進去，然後起誓。」艾露揭開石蓋，又打開金蓋，只見裡面一團焦黑成粉的屍體，周圍一股氣化的妖質瀰漫、纏繞盤旋著，在屍體內外進進出出，但又不會越出金碗。

若那蟲沒死，就有點像是幫蟲變體了，餵食精血化爲妖炁，是不是另外一種引炁的方式？沈洛年一面想，一面隨口說：「到底什麼蟲啊？」

「等等就知道了。」艾露肅容說：「準備囉。」

「好。」沈洛年忙說。

接著艾露突然兩手虛托，口中喃喃唸著咒語之類的東西，那團彷彿氣體一般的妖質，也漸漸凝聚在蟲屍身上，不再到處流竄。

「好！開始。」艾露叫了一聲。

沈洛年不敢怠慢，當下伸出手指，將剛剛的話語說了一次，一面把一絲絲凝聚濃稠的渾沌原息，向著那團氣體妖質送了過去。

應該不能太多吧？沈洛年送出之後，很快就截斷了渾沌原息，隨著誓言的結束，那團黑氣突然一脹一縮，倏然間一片妖炁往外泛出，同時黑氣凝成一團，順著沈洛年手指滑了上去，跟著下一秒鐘，妖炁又突然消失了，那團黑氣縮平壓扁，正如一塊黑色胎記一般地貼在沈洛年手背上。

這一瞬間，沈洛年似乎有點古怪的感覺，彷彿自己心中多了塊奇異的空間，但那兒卻是無思無感，一片空白，又似乎其實並不存在。

「成功了嗎？還是失敗了？」艾露詫異地說：「怎麼突然冒出了些妖炁，後來又沒了？」

「我不知道。」沈洛年頓了頓又說：「不過妖炁消失的原因我大概知道。」事實上這團黑影剛落到沈洛年手上，就被渾沌原息浸染，那片妖炁自然是馬上消散無蹤。

「是你要牠散去妖炁嗎？」艾露說：「這麼做通常是爲了不讓人注意到自己是蠱師，但現在沒必要……等你要練咒術的時候，又要灌注炁息了。」

也就是說，想用的時候，自己得注意別把牠的妖炁吞了？沈洛年打量著那團黑影，見這蟲形黑影呈橢圓形，六足外伸，前方還有個小小類似角錐的東西，於是說：「這是某種甲蟲嗎？」

艾露噗嗤一聲笑了出來：「是啊，是蜣螂。」

「蜣螂？」沈洛年對這名稱不熟。

「會吃糞、推糞的甲蟲唷。」艾露掩著嘴猛笑：「喜歡嗎？有沒有臭臭的？」

糞金龜喔？這丫頭好壞心，沈洛年一時哭笑不得，只好又嘆了一口氣。

「放在手背上太明顯了。」艾露說：「試試叫牠躲衣服裡？」

「怎麼叫？」沈洛年詫異地問。

「我不知道。」艾露說：「書上就這麼寫。」

就是那個古怪感覺嗎？沈洛年望著黑影，心中想著：「上來點。」

心中那個空間果然有了很單純的服從反應，黑影馬上往上滑移，竄入沈洛年的袖中。

「可以嘛！」艾露笑說：「眞的成功了耶！」

「好像是。」沈洛年心中有感應，手上卻一點感覺都沒有，忍不住翻開袖子又看了看。

「你用什麼炁餵牠的啊？」艾露說：「以後牠都只能吃那種炁喔，當你要牠做什麼的時候，記得斟酌情況，給牠一點點。」

「斟酌情況？」這麼模糊的字眼，該怎麼理解啊？

「比如你要牠縮小小出去到處逛逛，就不用多，甚至不用給。」艾露說：「如果要牠放出妖炁，或者變大嚇人，可能就需要一些炁了，但是影蠱因爲沒有體型，能吸收的炁很少，大也大不到哪兒去。」

「喔。」沈洛年點頭。

「還有。」艾露說：「現在牠除了服從之外，什麼反應都沒有，以後逐漸成長，可能會稍微有一些變化和回應，不過影蠱成長幅度小，這方面別期待。」

「明白了，試試。」沈洛年心念一轉，那片薄薄的影蠱突然往外竄，一溜煙往艾露那飛。

「啊！」艾露吃了一驚，尖叫著往後急逃：「不要！」

其實沈洛年只打算讓影蠱停在艾露腳前，見她逃得老遠，沈洛年忍不住笑說：「妳誤會了，我只是放出來而已。」

艾露這時候已經鑽到了洞道那兒去，她害怕地探頭回來看，一面結巴地說：「不……不要嚇我！影蠱呢？跑哪兒去了？」

「地上啊。」沈洛年心中暗笑，搖頭說：「這又沒有攻擊力，幹嘛這麼怕？」

「這東西爬到身上又沒感覺，打又打不到，誰知道會爬到哪邊去咬人？」艾露害怕地走回兩步，又停下指著沈洛年說：「你……你先收起來，放在我看得到的地方。」

「是。」沈洛年把影蠱收到左手掌心，一面攤開手說：「這樣就能使用咒誓之術了？」

「我……我先跟你說喔，你再嚇我我就不教你了。」艾露咬著唇說。

眞的嚇到她了？膽子還眞小。沈洛年好笑地說：「我不會再亂放了。」

「你說的喔。」艾露有點忐忑地走近了點，一面說：「給牠一點點炁，讓牠具有妖炁。」

「喔？」沈洛年還不知道該怎麼給呢，想了想，把原息往影蠱滲透過去，卻一點效果也沒有，沈洛年搞了半天才說：「怎麼給牠炁？我送給牠沒用。」

「咦？」艾露想了想才說：「你怎麼給牠的？」

「送過去啊。」沈洛年說。

「似乎不對。」艾露說：「書上寫，蠱妖就算不在你身旁一樣可以餵食，蠱妖和操蠱者之間，有種特殊的連結，所以該不用『送』過去，就像餵食精血的，也不用每次割一道傷口，我想想……上面用的字彙似乎是『允噬』……允……該是允許吞噬吧？」

「讓牠吃？」沈洛年心念一動，讓影蠱食用原息，一面記得稍微收斂了手掌那處的原息，免得把影蠱的妖炁吞噬回去。

果然影蠱馬上有了反應，也不知牠從哪兒吞了一絲渾沌原息，浸入其身，跟著轉化為妖炁外放，一股妖炁馬上往外散，同時在沈洛年掌中浮出小小的黑色蟲形。

「啊？」艾露吃了一驚說：「這妖炁不算太少耶？和書上寫的不同，能讓牠收在體內嗎？」

收回！沈洛年心念一轉，妖炁果然馬上內縮凝入蟲形軀體中，這隻的妖炁確實比艾露之前說的多，和沈洛年在噩盡島上發現的一些低等小妖似乎挺接近。

「這妖炁不像妖炁啊……」艾露詫異地說：「比較像仙炁……這又是怎麼回事？」

「仙炁、妖炁、人炁差在哪兒？」沈洛年雖然感覺到不同，但本來只以為是另外一種妖炁，從上次懷眞和馮鴦對話之後，沈洛年才開始注意，果然女巫、懷眞等人的炁，有另外一種特色，不同於一般妖炁，卻也和一般人引入的炁息不同。

「仙炁不像妖炁，乍看比較像人炁。」艾露說：「但仔細感覺，還是會發現不同，似乎較精粹，以同樣的量來說，威力也比較大。」

沈洛年想了想，終於明白了，人炁和妖炁，主要是種族上產生的差異，但仙炁卻是品質上的不同，而沈洛年過去分不清楚，是因爲對他來說，連不同人的炁息都有些微差異，他自然不覺得有什麼不對。

艾露見沈洛年沒說話，又問：「影蠱又怎麼會成形的？書上都沒提過這種可能，能再扁回去嗎？」

艾露剛問完，沈洛年就下了命令，只見那蟲形又化爲一片黑影躺在掌心，沈洛年這才點頭說：「可以。」

「咦？」艾露驚喜地說：「好好玩，可以再脹起來嗎？」

「小露！」沈洛年皺眉說：「這不是重點吧……」

「好啦、好啦！」艾露笑說：「剛剛那種妖炁量……雖不算多，但最基本的開門之法可以用了耶，我還以爲你至少要養個幾年，妖炁才夠用。」

幾年？不是說「一陣子」嗎？早說幾年的話，自己恐怕連養都不想養了，沈洛年吐了吐舌頭，這才說：「那麼我可以學咒誓之術了嗎？」

「這十天內你能不能學會打開玄界之門，還不知道呢。」艾露有點遲疑地說：「通常最快也要半個月的時間。」

「開什麼門？」沈洛年一直沒聽懂。

「開了玄界之門，才能找到玄靈啊。」艾露說：「這是咒術的基本。」

「這麼難啊？」沈洛年大吃一驚，說不定學會之前就找到懷眞了？

「總之都要從基礎開始。」艾露想了想，皺眉說：「可是很奇怪，影蠱和書裡寫的不同……我們沒搞錯什麼吧？」

「沒……沒有吧？」沈洛年哪裡知道？

「我也來養一隻影蠱好了，看看是怎麼回事。」艾露歪著頭，突然調皮地一笑說：「我養隻漂亮的蝴蝶蠱來嚇她們，陪我去抓一隻蝴蝶好嗎？」

膽子越小的，越喜歡嚇別人嗎？沈洛年皺眉說：「妳也養，不怕被罵嗎？」

「這樣才知道有沒有問題呀。」艾露得意地笑說。

「一定要蝴蝶嗎？」沈洛年隨著艾露往外走，一面哼聲說：「蟯螂不錯啊。」

「不要，其他的蟲我會怕。」艾露睜大眼睛說：「一定要蝴蝶。」

「呃……」沈洛年無可奈何，只好隨艾露抓蝴蝶去。

□

接下來的數日，艾露幾乎整天都和沈洛年在一起，從頭開始，一步步教導他御使妖炁開門之法。

果然開啓玄界之門就花了不少的工夫，先要感應到玄界，還要讓妖炁配合大小編織出獨特的造型，總算沈洛年還算認眞，加上他可以仔細地感應出對方外炁的操作模式，學習的速度比一般人快上不少，只花了八日時間，就掌握了開啓玄界之門的方式。

玄界，不同於和凡間又離又分的仙界，而是單純的另外一個世界，那個世界似乎龐大無比，卻沒有距離；似乎存在了無限長久，卻又能保持在那唯一的刹那，總之就是一個和現實完全不同的空間。打開玄界之門，以心意爲標向，可以和玄界任何一個地方相聯繫，也可以找到任何一位玄靈，使用所謂的道術和咒術。

基本上，道術分成兩類，一類和玄界之門無關，只單純在現實世界中運用外炁變化，達成各種目的，比如修煉妖質、變體之法、聚集道息之術等等，甚至葉瑋珊、奇雅等人使用的騰空飛行、外炁攻擊法門，也算得上道術的範疇，這些法門容易理解施用，所以雖然「唯道派」已經失傳，道武門中卻仍有流傳，這也是道武門最基本的法訣，這方面的術法，沈洛年也可以藉著影蠱的妖炁使用一部分。

但眞正失傳的另一種唯道派道術，就以打開玄界之門爲基礎了，比如女巫們使用防禦性炁盾，只要在玄界選定一處空間，每日不斷地送入外炁炁盾，需要的時候，則消耗一部分外炁開門，就可以引出自己儲存的力量。

開門不難，想把夠大的力量送入玄界安置，卻需要不小的炁息才能推動，沈洛年現在可辦不到，所以這方面的道術，暫時與他無緣。

而咒術，顧名思義，就與唸咒有關，咒名呼喚的對象，就是玄界之靈，簡稱「玄靈」。最基本的咒術，就是找到對炁息有興趣的玄靈並提供之，當有需要的時候，便開門唸咒請其施術協助，整個溝通過程有一套機制存在，就是所謂的咒語。基本上這法門普遍比道術划算，施出的威力也大，和玄靈合作久了之後，偶爾危急甚至還可預支協助，以後再還；缺點就是越強大的咒術，打開的門戶必須越大不說，唸咒溝通的時間也越長，緊急的時候還不如道術迅速，上次女巫們合力以炎屬玄靈之力攻破閉棘，就是使用咒術。

沈洛年現有的妖炁太弱，沒有一個玄靈會理會他，所以也不能使用咒術，但因爲血冰戒已經和某個玄靈產生連結，所以只要能開門，就有機會藉此和咒誓玄靈聯繫，並找到懷眞。

這說來簡單，實際卻有困難度，因爲道武門所傳的咒誓之法，聯繫的玄靈和懷眞不同，現在只能以道武門的法門推敲懷眞的法門，進而在艾露的協助之下，推測呼喚玄靈的咒術。

就這麼又過了兩日，沈洛年和艾露一直沒找出辦法，到最後一日晚間，艾露坐在沈洛年房間內，正疑惑地開口說：「不論咒詞怎麼改，好像都不行。」

「奇怪了。」坐在對面不遠處的沈洛年說：「妳們的辦法是開啓玄界之門，之後以炁注入戒指，藉以辨認，咒語只是『靈示約蹤』四個字，這四個字和玄靈的名諱毫無關係，怎會不行？」

「這四個字，我們這兩天，換了好幾種說法——『請玄靈指示約定者的方向』、『請示約者下落』、『指示立約者的路途』……都沒辦法。」艾露說：「照理來說，咒語的用詞不是重點，清楚的含意才重要，所以才會都這麼簡短，難道……這其實不是咒誓之戒？」

「不可能，懷眞不會騙我。」沈洛年說。

艾露吐吐舌頭，突然笑說：「不然就是沈先生的臭蜣螂有問題，否則我的蝶兒妖炁爲什麼這麼少？還不會變胖！」說完，艾露放出一隻扁平的蝴蝶影蠱，在空中翻飛，果然只帶著一絲微微的妖炁，遠不如沈洛年的蜣螂影蠱……蝶兒正是艾露替那隻蝴蝶影蠱取的名字，而且艾露還堅持蝶兒是母的。

「兩次的做法不是一樣嗎？」沈洛年苦笑說。

「對啊。」艾露收起蝶兒，嘟起嘴說：「不然就是炁有問題，沈先生到底用什麼炁餵的？」

這倒有點可能，自己的渾沌原息和一般妖炁似乎大不相同，說不定特別營養，不然懷眞也不會特地和自己立咒誓了，沈洛年想了想，老實說：「叫作渾沌原息。」

艾露搖頭說：「不懂，沒聽過。」

「我和妳們一樣，是換靈的。」沈洛年說：「不過是不一樣的……該怎麼說？不一樣的神？」

「換靈是什麼？和我們一樣？」艾露吃驚地問。

「就是使妳們得到塔雅·藍多之炁的過程。」

沈洛年接著說：「和一般道武門變體的方式不同。」

「難道是懷眞小姐造成的？」艾露張大嘴說：「她身上有仙炁的感覺，又能抵擋那個很強的無頭妖怪，難道她眞是神靈？難怪你老說你們不是情人。」

「不是……」沈洛年雖然不想隱瞞艾露，卻也不便透露懷眞是仙狐，只說：「幫我換靈的……是另外的神，而他的特色，就是炁息難以察覺，還有，妳們的天成之氣對我無用，也是因爲這個關係，而那些炁不能拿來攻擊人，也不能拿來開玄界之門，所以用途也不大……啊，還有啦，我會對別人的炁比較敏感。」

艾露咀嚼了一番，把沈洛年的話歸納之後說：「所以你們門派有兩個神，分別把沈先生和懷眞小姐換靈，效果也不同，她比較適合戰鬥，沈先生適合找妖怪。」

雖然不對，但這樣也是個理解的辦法，沈洛年當即說：「這樣想也可以。」

「我明白了，原來沈先生之前不是沒有炁息，而是有個沒法感受到的炁息……」艾露突然一拍手說：「怎麼不早說？」

「嗄？」沈洛年一呆說：「製蠱那天就說了啊。」

「我只以爲是什麼奇怪的炁啊！」艾露沉吟說：「所以沈先生立咒誓的時候，體內其實是另外一種炁……啊！我知道了。」

「怎麼？」

「引炁入戒指，探入玄界這個過程，要用原來那種炁。」艾露說：「就是用臭蜣螂的妖炁開門，但用另一種炁和玄靈聯繫，玄靈才會認得，我們這兩天在咒詞上面做文章，都錯了。」

「有道理！」沈洛年興奮起來，當即讓左掌心的影蠱，從牠額前尖角透出妖炁，開啓玄界之門，再凝出一股渾沌原息，繞過影蠱，穿入血冰戒，一面在口中默唸「靈示約蹤」四個字。

倏然間，影蠱的全身妖炁被吞噬入玄界之門，玄界之門關閉的同時，沈洛年腦海中靈光一閃，出現了一股虛幻飄渺的感應，彷彿有無數個畫面在這一瞬間穿過腦海，沈洛年呆了呆說：

「好像……非常遠。」

「找到了嗎？」艾露興奮地跳了起來。

「不是很確定。」沈洛年遲疑了一下說：「大概的方位是東方，其他的畫面很片段，看不大懂，只覺得似乎非常遠。」

「噩盡島就在東方呀！也許距離近了之後，就容易懂了。」艾露嚷著說：「成功了！」

「都要多謝妳們……尤其是妳，小露，這幾天眞的多謝妳了。」沈洛年看著艾露說。

艾露臉上微微一紅，搖頭笑了笑，想想突然說：「我來鋪床吧。」

「時間還早吧？」沈洛年意外地說。

「明天沈先生就要走了。」艾露一面拉開被褥，一面低聲說：「睡飽一點比較好。」

別在這時候透出一股難過的氣味啊，沈洛年想勸兩句，又覺得不知該怎麼說，想想還是閉上嘴巴。

艾露快手快腳地攤開被褥時，沈洛年看著她婀娜的背影，一面頗有點感嘆，她們老是穿這種寬大的服裝，身材可都看不大出來……想到這兒，沈洛年心中陡然一驚，自己這兩天，怎麼也對艾露的體態留意起來，自從逐漸變體之後，自己對女人體態美一直都沒什麼反應，怎知除了葉瑋珊之外，連艾露也……

若說自己逐漸恢復正常也不對，這幾日偶爾看到其他女巫，依然是沒感覺啊……這一瞬間，沈洛年突然想起懷眞說過的一串話——「以後你要是喜歡女孩子，先喜歡的是心，動情後才會被她的身體吸引。」

難道自己喜歡上這兩個女人了？沈洛年忍不住罵了一聲：「媽啦！」

艾露剛鋪到一半，吃了一驚轉頭說：「怎……怎麼？」

「沒什麼，我在罵自己。」沈洛年說完又想，雖說喜歡，但自己可沒有什麼想追求、擁有的念頭啊，更與愛慾無關……想到這兒，沈洛年突然安心下來，明白了其中的玄妙……葉瑋珊心思細膩、聰明堅強有責任感；艾露樂觀單純、調皮膽大具韌性，本就都是不錯的女孩，自己確實欣賞她們，而欣賞她們的內在後，進而注意她們的外在，只不過和一般人的順序顚倒過來而已。

對一般人類來說，對方外貌若沒有吸引力，往往也不理會對方內在如何了，自己則是反過來，若對方內在不足以吸引自己，外在就無感了，而相對來說，若內在能獲得自己的好感，外在之美就能一併欣賞，這倒也不錯啊，總比完全沒得看好。

慢著！這意思是，如果想欣賞其他女子的體態之美，就得先和她們交上朋友、喜歡上她的內心嗎？啊勒，未免太麻煩了吧？誰有耐心到處交朋友啊？

「怎麼了？」艾露已經整好被褥，正跪坐在床畔，見沈洛年表情不斷變化，忍不住詢問。

「沒什麼。」沈洛年回神說：「妳以後會離開畩族嗎？有可能去台灣玩嗎？我招待妳。」

艾露看著沈洛年片刻，搖了搖頭說：「女巫是爲了侍奉神、保護畩族而存在，這次出去這麼久，已經是特例了。」

意思是以後不大可能碰面了？沈洛年雖覺可惜，也只好罷了。

「懷眞小姐，眞不是你的情人？」艾露突然說。

沈洛年微微一怔，仔細看了看艾露的情緒，感覺沒什麼古怪味道，這才說：「不是啊，怎麼了？」

「有件事，逸姊本來不要我說的……」艾露似乎下定了決心才說：「但我還是想問問。」

「什麼事。」沈洛年問。

艾露咬咬唇說：「幾百年前，曾經有個外族男子，不受塔雅·藍多女巫具有的氣質影響，在山外村子見到出山的女巫，就對女巫示愛，後來女巫就把他接了回來。」

這些女巫從沒被人追求過，若那人不惹人討厭的話，恐怕很難抵擋吧？沈洛年一面想，一面說：「然後呢？」

「後來每個女巫，都嫁給那男子了，到他死去之前，一共娶了十幾個女巫。」艾露臉上微紅地說：「因爲這樣的男子很難得。」

「嗄？」沈洛年倒沒想到結論會是這樣。

艾露停了幾秒才囁嚅地說：「你不考慮留下來嗎？我們也……我們會對你很好的……」

「等……等等，」沈洛年難得老臉發紅，張大嘴叫：「妳不是開玩笑吧？」

「怎會是開玩笑？」艾露抿嘴笑說：「紅姊和珠姊還曾想半夜來找你呢，後來大家說你是恩人，要她們別來鬧你、欺負你。」

「啊？」這種行爲，算男子被欺負嗎？沈洛年說不出話來。

「後來逸姊對她們說，除非你願意長久留下來，否則……她們以後反而會更痛苦。」艾露低聲說：「逸姊說不明其道、守身終老，日子還好過一點，叫我們別亂來。」

「不……不對啊，」沈洛年詫異地說：「我不覺得有誰喜歡我啊……」這段時間，這些女巫，連艾露在內，看向沈洛年的時候雖偶爾會露出一絲淡淡的情念，但那在一般社會中只是異性之間普通的欣賞程度而已，連喜歡都談不上，更別談委身終老了，應該是搞錯了吧？

「我們不大明白那種東西。」艾露卻搖搖頭說：「這世上只有你當我們是女人，那就是最好的理由了，喜歡什麼的可以慢慢培養。」

雖然很古怪，但卻莫名地有說服力。沈洛年頓了頓，苦笑說：「但我不可能留在這兒。」

「我……我知道了。」艾露明顯有點失望，起身說：「那……沒事了。」

「小露，並不是妳們不好。」沈洛年不想讓她失望地離開，解釋說：「塔雅‧藍多氣質對我無效，並不代表我就把妳們當女人，因爲換靈的關係，現在大部分的女人，我都沒當女人了。」

「啊？」艾露吃了一驚：「你……你不是男人了嗎？」

「誰說的！不是這樣。」既然艾露說得這麼直，該不用委婉解釋了，沈洛年好氣又好笑地說：「比如妳們這群女巫，我就大部分都沒當成女人。」

「大部分是什麼意思？」艾露追問。

「就是……只有一個例外。」沈洛年做賊心虛，轉開頭不敢看艾露。

「誰？」艾露繞到沈洛年眼前，一雙亮晶晶的大眼直視著沈洛年說：「是我嗎？我有發現你會偷看我！」

輸給妳這丫頭，這種話也說得出來！沈洛年第一次對偷看女人感到後悔，臉紅地說：「對啦、對啦……媽的！我也只有偷看幾次而已。」

「眞的只有我嗎？」艾露臉總算有點紅了，她羞、喜、驚、冀混在一起的複雜情緒倏然騰起，一下子說不出話來。

這打破砂鍋問到底的女人，現在知道害羞了吧？沈洛年也有點尷尬，不知該怎麼回答。

艾露突然低聲說：「那你……要不要……我……我……」

「小露……」沈洛年說。

「沈……沈先生？」艾露抬起頭，臉上泛著紅潮，她的情緒是羞意、緊張、興奮混在一起，竟看不出來哪個比重比較高。

「明天要回台灣，我想早點睡了。」沈洛年說：「妳也去休息吧。」

艾露一怔，臉上紅潮盡退，她嘟起嘴，輕輕一頓足，轉身奔了出去。

卻是沈洛年看得很清楚，艾露的情緒主要是羞意、緊張、興奮，但對自己頂多只有一絲欣賞和心動，和愛戀根本還扯不上關係；好奇的成分更遠大於慾望，只能說這兒風俗習慣和外界似乎頗不同，所以才有這樣的反應……明日分別後，恐怕是不會再和她們見面了，自己今晚若當真讓她留下，以後該會良心不安吧？

現在良心雖然安了，可不代表不會後悔，媽的！這種事情根本不該講良心的嘛！

ISLAND

塔雅・藍多神

清晨，天剛亮不久，沈洛年便醒了過來。

保山的飛機，大約早上十點起飛，大概八點眾人才會送沈洛年離開，所以現在時間還早。

不過昨晚經艾露那麼一說，沈洛年此時倒有點不敢出房，這些女巫的想法和自己社會中的女性不大相同，自己今日就要離開，盡量少接觸，別擾亂她們心思較好。

不過等等倒是要對毛逸好好道謝，這次花一個月的時間來回，總算沒白費工夫，回噩盡島後應該有辦法找到懷眞。

「沈小弟？醒了嗎？」門外突然傳來敲門聲。

沈洛年一驚，站起開門說：「逸姊？」

來人正是毛逸，她微笑往內走，一面說：「昨晚小露兒傳來好消息，你終於掌握了尋人的方法？恭喜了。」

「是。」沈洛年忙說：「這都多虧了大家幫忙。」

「這是這幾日，我們合力抄錄的道咒總綱。」毛逸從懷中取出一本書冊遞給沈洛年，一面說：「因爲我們看不懂漢字，這又是古文，有些地方是描摹而成，可能會有錯漏……」

原來她們看不懂是因爲這是漢字？沈洛年疑惑一時頓解，他意外地說：「逸姊，妳們另有一套文字？」

「嗯，我們酖族有自己的語言、文字，不過認得酖族文字的，也只有女巫了。」毛逸笑了笑說：「過去我們每隔一段時間，會派年輕女巫出去學漢字，方便有問題時對照，當初鳶兒去保山學習……回來一看，卻說改朝換代，現在的漢字筆劃變少，和書上不同，加上古文生澀難讀，最後只好罷了，但是外面應該還有人看得懂吧？」

「應該有……」她們既然看不懂，抄起來豈不是很辛苦？沈洛年心中感懷，不禁又說一次：「逸姊，謝謝妳們。」

「不知道爲什麼，你的影蠱妖炁居然不小。」毛逸和聲說：「你以後用心研讀，慢慢養蠱，也許也有機會學會這本書上的道咒之術……」

沈洛年笑了起來，搖頭說：「逸姊，妳知道我最沒耐心的。」沈洛年心裡已經有底，回去後直接扔給葉瑋珊研究更有效率，自己就不用學了。

「那就找個善良的道武門人，傳承下去吧。」毛逸也不勉強，她突然露出笑容說：「一會兒，大家都想送你走，我就不送了。」

「逸姊別客氣。」沈洛年說。

「酖族的女巫們，隨時歡迎你來這兒玩。」毛逸微笑起身說：「我先走了。」

「逸姊。」沈洛年突然喊了一聲。

「嗯?」毛逸回頭。

「有一件事情，我……想問問妳的意見。」沈洛年有點遲疑地說。

「怎麼這麼慎重?」毛逸噗嗤一笑，美目一瞟說：「莫非你突然想留下了?你不是拒絕小露兒了嗎?那些娃兒愛胡鬧，可不關逸姊的事喔，就算你留下，我這身老骨頭，可受不了年輕人折騰。」

「不……不是這種事。」沒想到艾露居然說了出去，而毛逸又說得這麼露骨，沈洛年臉紅起來，尷尬地說：「那也不算拒絕……」

一點也不像阿嬤的毛逸抿嘴笑說：「不然是什麼事呢?」

媽的，若是自己和這個一點也不顯老的毛逸阿嬤更熟悉之後，會不會對她身體也產生興趣?沈洛年對這突然冒出的念頭感覺十分恐怖，連忙一臉正經地說：「我是要說，小露帶我製蠱的那地方……妳們的神……神體，就在後面不遠處吧?」

毛逸大吃一驚，笑容收起，板起臉肅容說：「你怎麼知道的?小露兒跟你說的嗎?她帶你進去了嗎?」

「當然不是。」沈洛年說：「只不過我能感受得到。」

毛逸微微一怔，想起馮鴦等人確實提過沈洛年具有特殊的感應能力，她呆了呆，半信半疑地說：「你……爲什麼提起這件事情？」

「我可能有辦法讓妳們的神醒來。」沈洛年說：「妳要試試嗎？」

「醒……醒來……？」毛逸似乎一時無法接受，張大嘴說。

「只是也許……這幾日妳們十分照顧我，我不知道能爲妳們做什麼，想來想去，只想到這個可能。」沈洛年頓了頓說：「當然，還要妳有這個意願，我才會做，不然等他日道息瀰漫，妳們的神應該也會自行清醒。」

毛逸呆了片刻才說：「眞的可以嗎？」

「沒試過不知道。」沈洛年說。

「如果神清醒了……」毛逸有點失神地說：「我們的任務……女巫的任務就結束……以後就沒女巫了……」

「啊？」沈洛年詫異地問。

「沒……沒什麼，那是我們的傳承規矩。」毛逸回過神，看著沈洛年說：「如果眞能讓神清醒，當然要做。」

「眞的嗎？」沈洛年說：「那麼……現在就去？」

毛逸一怔說：「機票都訂好了？不能再晚點走？」

「嗯。」沈洛年說：「聽說那邊也快要有動作了，我不能再拖了。」

「那……來不及齋戒淨身了。」毛逸走到門口說：「我讓大家到大廳集合，一起去神居窟等候，小弟你先到大廳去。」

「大家？」沈洛年吃了一驚說：「還不確定成不成呢。」

「萬一成的話呢？」毛逸認眞地說：「女巫可不能怠慢神靈。」說完，毛逸一扭身，往女巫們居住的右側房間奔去。

沈洛年沒想到毛逸這麼緊張此事，他呆了幾秒，連忙踏出房間往大廳走，沒多久，女巫們一臉驚訝，一面嘰嘰喳喳一面往外走，但一看到沈洛年，女巫們都照規矩閉上嘴，安靜下來。

毛逸走近說：「小弟，走吧。」她托起沈洛年飛出大廳，往後山那個山洞直飛，女巫們不敢遲疑，紛紛追著兩人飛起。

一行人提著油燈快步走入山洞，穿過了製蠱台往內走，直到最深處，一個只有四公尺寬的正方形土室出現在眾人眼前，這兒四面土壁光滑整齊，看來一直有人維持，只不過空間畢竟不算太大，十個人站在裡面，稍微有點擁擠。

「我們一代一代，都是在這兒成爲女巫的。」毛逸回頭看著沈洛年，肅容說：「小弟，神體在哪兒？」

沈洛年完全沒有遲疑，向左側土壁走去，站在三分之二處一指說：「這後面。」這就像懷眞把仙炁隱起時的模樣，雖然不容易感受到，但距離一近，還是瞞不過沈洛年的感應，所以當時到了製蠱台，沈洛年就察覺到此事。

九個女巫的表情很明顯不同，沈洛年望過去，已經心中有數，最老的三位，都知道神體所在，其他人卻不清楚，所以有的人是吃驚，有的人卻是半信半疑。

毛逸自然是吃驚的人，她深吸一口氣說：「你要怎麼做？」

「距離不算太遠，這樣該可以。」沈洛年回頭說：「我再問一次，逸姊，確定要讓我試試？」

毛逸又思考了幾秒，最後終於點了點頭，沈洛年回過頭，張開嘴，那股濃稠的渾沌原息，穿過泥土，往裡面的神體送了過去。

沈洛年按照過去送給懷眞的訣竅，停在那神體的附近，不敢繼續透入，因爲吸取沈洛年渾沌原息有兩個要件，一個是他有心外放，另外就是對方必須懂得如何施術吸收，若單純只是原息探入的話，反而會把對方的炁息化掉，對方雖是強大妖仙，但能不能和懷眞一樣感應到渾沌原息、瞭解吸收的方式，沈洛年並沒把握。

剛送入的時候，裡面還沒什麼反應，沈洛年不免有點擔心，因爲他也不能這樣外送過久，渾沌原息本有強烈的發散性，在自己體內還容易維持，往外送的時候卻會不斷外散、化入虛空，和世間的道息混合在一起，大量外送太久的話，可會散光的。

沈洛年正忐忑的時候，突然發覺到對方有了反應，接著渾沌原息快速湧入，被對方所吸收，下一瞬間，眼前的洞穴一陣震動，大片土壁猛然崩落下來。

沈洛年一驚，截斷了原息往後退，眾女也紛紛後退，過了幾秒，土壁中突然走出一個高瘦的身影，昂然站在眾人面前。

油燈光影搖曳，那人的形貌一時還看不大清楚，只看得出來他身上似乎不少土塊正在剝落，再仔細一看，眾人忍不住又退了一步。那人是個全身赤裸的雄壯女子，身高兩公尺餘，十分高大，除此之外，最特殊就是她的臉，她上半截是一張又大又長的馬臉，但到了嘴巴部分，卻又縮了回去，安上一個和人類很像的口唇，感覺十分怪異。

那女子雖然赤裸，但全身滿是肌肉，胸部並不明顯，至於裸露的下體雖然不雅，但看她這麼大馬金刀、毫無羞意地挺直站著，倒也不覺得有什麼古怪了。

女子除了面貌特殊之外，頭頂到背部生著大片彷彿馬鬃的白色長髮，馬臉額頭上還有個手臂長的角錐，幫她又增高了三十公分。

大概沒錯了，這傢伙身上有著濃郁的女巫氣味，應該就是她們的神靈，也就是懷眞所說的麒麟……原來這隻也是母的？沈洛年望著這女形妖神……或者該說妖仙？頗不知道自己這次做得到底對不對。

那馬面女子站定之後，目光掃過眾人，最後停在沈洛年面前，突然說了一串口音重濁的話語，看起來頗有些驚訝。

她們聽得懂嗎？沈洛年目光望向眾人。

毛逸呆了呆，恭謹地說了一串酖族語，和那語言卻似頗不相同。

馬面女子目光轉向毛逸，再度開口，這次她用的語言，沈洛年雖然仍聽不懂，卻感覺頗像酖族語，果然毛逸這次聽懂了，和馬面女子迅速地對話，只見每個女巫似乎都有點興奮，又似乎有點驚喜。而對話中，馬面女子不斷地看著沈洛年，毛逸等女巫也跟著不斷望向沈洛年，唯一一個聽不懂酖族語的他，可眞是氣悶，但又不好插口。

不過沈洛年閒著無聊，眼睛不免到處亂瞧，這妖仙雖然臉生得恐怖，但裸女畢竟比裸男好多了，若是這神走出來時，下體掛著三樣東西跟著晃，那可眞不好看。

過了好一段時間，馬面女子終於停口，那臉上動作有點古怪，看不大出表情，不過從氣味來看，似乎是有點高興。

毛逸這時才轉過頭，看著沈洛年露出笑容說：「沈小弟。」

「是，逸姊。」沈洛年回過神。

「塔雅·藍多神，還不會現在的漢語，所以不能直接向你道謝，要我們轉達謝意。」毛逸說：「她還說，你是某個……元初神靈的……仙化之身，從沒見過，她很意外。」也許這些話翻譯有點困難，毛逸一面說，一面思考著。

「是。」沈洛年說。

馬面女子這時又說了一串，毛逸和她對答幾句，又回頭說：「神問……你耗費……道息，喚醒她，有什麼要求嗎？」

「沒有啊。」沈洛年搖頭說：「我是因爲妳們，才喚醒她的。」

毛逸似乎聽了挺開心，微微一笑，回頭對馬面女子翻譯。馬面女子聽了之後有點意外，目光在眾人身上轉了幾轉，又說了好幾句，跟著每個女子都笑開了，大夥兒吱吱喳喳的，一股歡樂的氣氛往外湧。看來連這神也沒大沒小的，難怪她們女巫之間似乎也不分大小地笑來鬧去，沈洛年雖然聽不懂，也不會被那股樂和之氣影響，但看著這些人開心，卻不禁也有些開心。

過了好一段時間，突然大家都安靜了下來，毛逸轉頭對沈洛年說：「沈先生。」

怎麼又叫先生了？沈洛年有點意外地應了聲：「是。」

卻見毛逸說：「塔雅·藍多神給你建議，她說……別把……體內的『道息』之炁凝成一灘死水，這樣控制力較弱，成長得也慢，應該運轉不休。」毛逸提到道息，直皺著眉頭，似乎有點懷疑自己是不是翻譯錯了。

沈洛年這時當然沒法解釋，只說：「運轉不休？我不懂。」

毛逸回頭問了幾句，又回頭說：「神說隨便你運轉都可以，只要別固定不動就好了，各處自己轉圈也可以，頭到腳、腳到手，四處亂流動也可以，慢慢會鑽研出比較適合自己的方法，以後如果固定一個規律，慢慢就不用自己花心思去運轉了。」

爲什麼那隻狐狸從來沒提過？

沈洛年想了想，又問說：「我體內那種炁成長，有什麼好處？」

毛逸轉譯之後，馬面女子停下思索了幾秒才回答，毛逸聽完，愣了愣才轉頭說：「神說……這種仙化之身，對人類來說……她也不清楚能做什麼，不過該沒壞處，至少……身體會更健康。」

果然沒什麼好處……沈洛年不禁苦笑，懷眞倒沒說錯，自己當初搶了懷眞這個資格，眞有點損人不利己。

這時艾露用酖族語輕聲說了一串話，幾個女子們紛紛嚷了起來，那馬面女子也接了幾句，毛逸這才轉頭說：「沈先生，小露兒提醒了我們，你班機時間快到了……」

沈洛年一怔說：「對，該走了。」

「讓小露兒送你吧。」毛逸微笑說：「我們還要等神的其他吩咐，不能一起送你了。」

「當然。」沈洛年對那神微微行了一禮，那神也挺有趣，居然點頭回禮，果眞沒什麼架子。和眾人道別後，艾露和沈洛年對看一眼，兩人並肩往外走，還沒出洞，艾露已經托起了沈洛年，往外飛了出去。

出了洞，兩人飛回大屋，沈洛年急忙收拾了行李，和艾露往山外飛，這時時間已經有點趕，艾露全心操控著，不大敢分神說話。

沈洛年見狀，心念一轉，讓影蠱運出妖炁，將自己軀體稍微托起，這麼一來，艾露馬上省了不少力，兩人的飛行速度立刻快了起來。

艾露微微一怔，詫異地說：「啊？可以這樣？我都不知道。」

「前幾天沒時間測試，昨晚……睡不著就試了一下。」沈洛年說：「雖然妖炁太弱飛不起來，但是可以減輕挺多重量，以後奔跑該不會滿腳泥了。」

睡不著的人可不只沈洛年，艾露想到昨晚的對話，臉上帶點紅，突然白了沈洛年一眼。

這是什麼態度？沈洛年看她情緒中喜怒交雜著，這種心情倒是很少見，不由得有點迷惑。

艾露倒似乎挺快就放開了，她沒繼續想那件事，一面飛一面說：「神說沈先生體內的炁息是道息，和可以出妖的道息聽起來一樣，兩者有什麼關係嗎？」

沈洛年考慮了幾秒才說：「好像挺類似。」

「啊？」艾露吃了一驚說：「難道說，這世上的道息，是某個神放出來的嗎？」

「似乎是。」沈洛年又說。

艾露嘴張得更大了，詫異地說：「然後那個神讓你全靈仙化？」

怎麼又有新名詞了？沈洛年皺眉說：「全靈仙化？」

「就是完完全全地仙化……」艾露似乎不知怎麼解釋，頓了頓才說：「我們這種，只是一點點仙化，我們叫作『微靈仙化』。」

反正換個時代、換個種族、換個語言，就會有不同的名詞，懷眞還說過什麼「轉仙三法」呢，根本不知道她在說什麼，沈洛年也不去記這麼多了，只說：「懷眞提過，妳們是少部分『換靈』……對了，『換靈』大概就是妳們說的『仙化』。」

「喔！」艾露聽沈洛年提過「換靈」這兩個字，心領神會地說：「對，少部分仙化。」

沈洛年也點了點頭。

「那你是全靈仙化的，爲什麼炁息會沒用啊？」艾露又好奇地問。

這可問到要害了，沈洛年苦著臉說：「這神的炁息……似乎只有受傷恢復比較快的好處。」

「那去打妖怪，不是很危險嗎？」艾露看著沈洛年說：「你上次就受很多傷了，就算恢復很快，失血過多也會死吧？」

上次確實差點昏了過去……沈洛年想想，自己確實沒什麼打妖怪的能耐，只好說：「上次是特例，正常情況輪不到我出手。」

艾露眉頭微微皺起，似乎在替沈洛年擔心，沈洛年見狀，故意打岔說：「妳們的神，有沒有說什麼特別的？」

「啊？」艾露回過神說：「神說她只能醒一下下，過一段時間又會入定，不過下次醒來應該不會等太久，那時就會永遠醒來。」

除非自己定時提供炁息，那種強大的妖怪，沒法長久清醒著吧……下次她醒來，應該就是世界瀰漫大量渾沌原息的時候，既然連她也這麼說，看來世界末日眞的在倒數計時了。

艾露見沈洛年不說話，試探地說：「沈先生，我想問你一個問題。」

「怎麼？」沈洛年問。

「我的蝶兒，可以跟著你嗎？」艾露有點期待地問。

影蠱跟著自己幹嘛？沈洛年詫異地說：「跟著我沒用啊。」

「牠是我的一部分啊，我想讓牠跟著你去冒險……」艾露說：「看你喜歡牠停在哪兒，蝶兒不會讓你感覺到的。」

這女孩和吳配睿、葉瑋珊、奇雅、瑪蓮等人完全不同，自己老是搞不懂她在想什麼……沈洛年看著艾露說：「這樣有什麼意義？」

「反正對你又沒有壞處。」艾露嘟著嘴說。

「對妳有什麼好處？」沈洛年說。

艾露卻不回答這句話，只低聲說：「要是我偷偷放你背後，你也不知道。」

「喂！」沈洛年不禁瞪眼說：「不准偷偷放，否則我放甲蟲嚇妳。」

「啊！不要啦！」艾露雖然知道沈洛年是開玩笑，還是身子微微一縮，有點害怕地低聲說：「讓人家放又不會怎樣。」

「不要。」沈洛年說。

「好——啦——」艾露拖長音懇求。

「不——要！」沈洛年也拖長音。

艾露不高興了，氣嘟嘟地唸：「什麼甲蟲！明明是臭蜣螂！屎殼螂！」

「我就要說甲蟲。」沈洛年暗暗好笑，又回了一句，艾露氣鼓鼓地哼了一聲，不說話了。

兩人又翻過了一座山嶺，眼看保山機場出現在眼前，沈洛年看了艾露一眼，見她臉上有點委屈，但似乎又不敢再問，沈洛年想起這十餘日的相處，不禁心軟，嘆口氣說：「妳把蝶兒放我身上的話，不能養喔，我在噩盡島的時候，身上若是突然冒出妖炁，會危險的。」

艾露一聽，眼睛亮了起來，高興地說：「我一定不養，保證讓牠一直休眠著。」

「那……」沈洛年搖頭說：「甲蟲平常停我左肩，蝶兒放右肩吧。」

「好！」艾露露出笑容，那隻小小的蝴蝶影蟲，就這麼從她領口飄出，從沈洛年領口鑽了進去，果然一點感覺都沒有。

此時兩人正從機場側門不遠處落下，艾露突然說：「沈先生，你先進去領票，我去洗個手才進去。」

「妳直接回去也可以的。」沈洛年說：「神醒了，應該不少事要忙。」

「沒關係，我送你上機才走。」艾露一笑，往另外一個方向走。

沈洛年也無所謂，拖著行李往內走，走進大廳，卻見裡面旅客似乎比上次多了不少；他一面邁步往內，一面越來越覺得奇怪，好像有什麼古怪的氣氛正往外蔓延，不少候機的人只看了自己一眼，就轉過頭去，外表看似沒什麼異狀，但沈洛年卻感應得很清楚，那些人都冒起了一種不懷好意的埋伏氣氛，而且目標正是自己。

這樣的人居然有二十多個？沈洛年停下腳步，目光四面掃著，手也探入外套下襬，考慮著要不要拔出金犀匕。

這些是什麼人？沒有妖炁也沒有炁息，那麼……不是妖怪也不是道武門？自己在這兒該沒得罪任何人才對啊。

如果只是普通人，速度不會比變體的自己快，只要開啓時間能力，該不用怕這群人，問題是在這兒開打的話，怎麼上飛機？就算只拔出金犀匕，恐怕都會惹來麻煩，想到這兒，沈洛年右手移出外套，不打算拔出匕首。

這時周圍已經隱隱被人包圍住，眼前有幾個人正向著沈洛年走來，手都放在口袋裡，也不知道裡面有什麼武器。沈洛年正不知等等該先用掌劈還是腳踢，突然艾露笑著鑽到自己身邊說：「沈先生，怎麼呆在這兒？」

沈洛年一呆，不禁暗叫來得好，艾露一出現，樂和之氣自然散出，周圍一片喜樂，那群人的敵意也瞬間消散，每個人都愣在那兒，一下子停下了動作，沈洛年拉了艾露右手一把，低聲說：「幫個忙，別離我太遠。」

艾露臉一紅，睇著沈洛年說：「現在才說這種話，那你昨晚怎麼……」

媽啦！沈洛年又好氣又好笑地低聲說：「有人在這兒埋伏啦，他們看到妳就傻了，妳當當保鑣。」

「喔！」艾露臉更紅了，咬著唇惱羞成怒地嗔說：「早點說嘛！」

沈洛年沒好氣地說：「我若早點知道有人會來埋伏，就提早說了。」

艾露不禁好笑，氣也消了，白了沈洛年一眼說：「是什麼人啊？」

「不知道。」沈洛年說：「陪我去領票吧？」

「嗯。」艾露一笑，輕抓著沈洛年的左手彎，隨著他往前走。

沈洛年沒和任何女子這麼親暱過，不禁看了艾露的手一眼，不過既然是自己要她跟著，這時候顧忌太多反而矯情，沈洛年橫了心，不管左手的感覺，照著計畫行事。

有艾露當保鑣，果然平安喜樂，在一片和樂融融之中，沈洛年順利和艾露告別、登上飛機，雖然還是搞不清楚那些人是哪方派來的，但少個麻煩總是好事，而一個「微靈仙化」的小女巫就能鎮住這種場面，代表這些人惡性或殺性不重，應該不是什麼大惡棍，也該不是訓練有素的軍警，大概只是一些小地痞或混混，拿人錢財辦事。

到達昆明，沈洛年走出機場，領了飛往台灣的機票，馬上過海關到出境廳等候，免得留在機場大廳又增加困擾。

還好這段過渡時間並沒有古怪的人出現，也許因爲保山飛到這兒只有三、四十分鐘的時間，他們就算趕著找昆明的同夥幫忙，一時三刻恐怕也找不到人。

沈洛年雖然不很適合和妖怪作戰，對付普通人倒不怎麼害怕，問題在於機場不適合打架，萬一鬧起來上不了飛機，這兒人生地不熟，可不知道怎麼回台灣了。

沈洛年在機場等候室看著時鐘一秒一秒過，差不多快到登機的時間，突然另外一側入口有兩個航警模樣的青年一面拿著對講機走入，一面四處張望著，彷彿在找人。

不會是找自己吧？沈洛年目光和對方一遇上，卻見那兩人注意力馬上集中過來，不但盯著自己走來，還一面和對講機說個不停。

看對方一副找到目標物的架勢，而且感覺不到友善的氣味，沈洛年不禁暗叫不妙，剛剛保山還只來些小流氓，反擊還說得過去，這會兒來了不知叫警察還是叫公安的傢伙，怎能出手揍人？

眼看對方越走越近，沈洛年情急生智，影蠱妖炁一凝，兩束炁柱往外飛射，正中兩航警腦門，那兩股力量雖然不大，但兩人一點準備都沒有，猝不及防下同時往後翻身摔倒，其中一個不知是不是剛好腳滑，後腦勺重重撞到地上，摔破一個大洞，血馬上往外冒，他抱著後腦袋嚷了幾聲，一看滿手血，叫聲馬上又高三成。

另外一個人沒摔這麼重，但也許是撞的角度剛好，一撞就昏了過去，躺在地上沒反應，那個頭破血流的一面叫一面推自己的同伴，根本就忘了沈洛年。

周圍當然馬上一片混亂，誰也不知道這兩人怎麼突然一起摔跤，眼看已達登機時間，沈洛年連忙往外走，一面忍不住回頭又看了幾眼。

沒想到普通人這麼不耐打？剛剛那股妖炁其實挺微弱，沈洛年本想只是擾亂一下兩人，看能不能稍微拖延時間，沒想到卻把對方打翻。眼看兩人受傷，沈洛年多少有點抱歉，不過打了就打了，後悔也沒什麼用……反正不是自己痛，沈洛年倒是提得起放得下，沒過多久就忘了那兩個倒楣鬼。

總算飛機起飛，離開昆明，往桃園機場飛去，飛機上大多都是台灣來的遊客，沈洛年四面看看，確定沒什麼古怪氣味，才終於安心下來，放下椅背靠著休息。這趟航程大概三個多小時，也就是說，到了下午，自己應該就可以回到那離開二十多天的家了。

定下心來的沈洛年，仔細思考著誰會來找自己麻煩……算來算去，除道武門之外，實在想不出還有誰會幹這種事……會是總門那夥嗎？還是其他宗派？大陸這兒宗派多得很，單是雲南就有好幾個，要找嫌疑犯還眞有點困難。

算了，想這種事情不符合自己個性，到家之後打個電話給葉瑋珊，讓她去傷腦筋……不過回台灣之後，大樓林立，就不方便用衛星電話系統了，葉瑋珊說過要怎麼改……？算了，想不起來，回家再用家裡電話打。

沈洛年不再想東想西，閉上眼睛休息，昨晚被艾露一亂，心情翻騰，躺了好久才睡著，剛好趁這時候補眠。

ISLAND
我幫你們解脫

還沒到傍晚，沈洛年已經到了板橋火車站，這一路從桃園、台北到板橋，倒是十分順暢，沒什麼人多看他半眼，此時他正自在地拖著行李走出火車站，慢慢往家的方向走去。

剛轉過巷口，前面站著一個中年人，正靠著牆低頭點菸。

那人看都沒看沈洛年一眼，但沈洛年卻忍不住打量了他兩眼，那人的氣味怪怪的，頗有點不似善類的感覺。

問題是對方並沒看著自己，也許那種氣味，是因爲想到別人而產生的，總不能把路上每個有惡念的人都當成自己的對頭，沈洛年不理會那人，繼續拉著行李，從那人的面前走過。

剛走過沒兩步，後面卻莫名傳來噗的一聲，同時沈洛年後背突然一股刺痛，彷彿有什麼東西扎了進來，下一瞬間，那股刺痛又突然消失，整個背似乎變得有些麻木，跟著全身都有點痠軟。沈洛年一驚回頭，卻見那人手中持著一把類似手槍的東西對著自己，表情似乎頗爲驚訝。沈洛年手往後伸，從麻木的地方拔下一根短小的管狀物，卻是一支金屬針筒。沈洛年那股麻木感開始淡去，他怒瞪著那人說：「你幹什麼？」

那人沒回話，只看著沈洛年，跟著退了兩步，似乎想轉身逃跑。

扎完了就想跑？沈洛年火上心頭，手中的針筒一甩，噗地一下擲到那人的屁股上，只聽那人怪叫一聲，又跑了兩步，突然趴在地上昏過去了。

昏了？這東西果然是麻醉針？沈洛年從被扎開始，全身血液一直加速流動，不斷排汗，這時已經恢復了正常，至於那個小針孔，大概早已自動癒合了。

怎麼回到台灣也有人算計自己？如果是妖怪也就罷了，這些普通人找自己麻煩幹嘛？這時該怎麼辦？

對一般正常人來說，應該是報警吧？但報警的話，警察又會囉哩囉唆問一堆，自己什麼都不清楚，反而增加麻煩，如果現實的邏輯不適用，那麼按照電影或小說的邏輯，應該是該抓這人到旁邊逼供？或殺了以除後患？不然至少要搜個身。

算了，都好麻煩！真正的現實是——如果等會兒有人經過，看到自己站在這昏倒的人旁邊，說不定會變成自己有麻煩……當下沈洛年拉著行李，轉頭繼續往家裡走。

這人埋伏在這兒，家裡恐怕也不安全，要不是在雲南也曾發生類似的事情，沈洛年還眞會懷疑是不是找錯人了。

回到家中，很幸運地裡外並沒有其他埋伏者，沈洛年四面看了看，鎖好屋門，檢查了前後的門窗，想了想，他撥了一通電話給叔叔沈商山。

沈商山如果在工作中，是不會開機的，沈洛年照著老規矩，留了語音，告知叔叔自己會回來幾日，接著又想了片刻，還是沒撥電話給葉瑋珊，卻跑去洗了一個澡。

卻是昨日晚間，因爲艾露的言語搞得沈洛年心煩意亂，於是沒打電話給葉瑋珊報平安，這時打過去八成會被罵上一頓，沈洛年想到就頭大，頗有點提不起勁。

洗好澡，沈洛年穿著條長褲套上血飲袍就沒穿別的了。這陣子沈洛年越來越喜歡這件衣服，因爲穿著實在很舒服，加上又不會髒，已經變成沈洛年的固定內裡，唯一的缺點就是外面不適合套上會透色的衣服，沈洛年最近正在仔細考慮，要不要試試只穿這件衣服出門。

他剛坐上沙發，正準備打開電視，突然家裡的電話響了。

難道叔叔這麼快就聽到留言了？沈洛年有點意外，接起話筒，喂了一聲，卻聽到那端傳來帶著怒氣的熟悉聲音：「你到家了！昨晚爲什麼沒打給我！」

「瑋珊？」糟糕，還沒想好理由就被逮到，沈洛年呆了呆才說：「忘了。」

「你明明答應……」葉瑋珊似乎很想發脾氣，但又忍著說：「回來路上有沒有遇到奇怪的事情？」

「啊？」沈洛年一驚說：「妳怎麼知道？保山、昆明、板橋都有人埋伏找我麻煩耶。」

「你馬上收拾東西離開家。」葉瑋珊說：「去人多的地方……嗯，火車站好了，然後在那兒打電話給我。」

「發生什麼事了？」沈洛年吃驚地說。

「來不及說了，快點。」葉瑋珊說。

「咦！」沈洛年突然說：「有炁息……四面都有，挺多的。」

「掛了電話快跑！是何宗的，快跑！有危險。」葉瑋珊大聲說。

「呃……」沈洛年連忙掛了電話，綁妥金犀匕，正想出門，他突然停下腳步，又回頭跑到行李箱旁，拿出了那本道咒總綱，還有葉瑋珊的衛星電話和自己的皮夾，跟著隨便抓了個沈商山扔在門旁的斜揹寬帶皮質方包，一面裝一面往外跑。

對方可是在空中飛騰縱躍而來，十幾公里的距離不過幾分鐘的事，才耽擱沒多久，那些炁息感應已經近了不少，沈洛年急急忙忙順著樓梯往下躍，沿著道路飛奔。

以沈洛年變體後的力量來說，要在屋頂上跳躍並不是辦不到，但這可不是拍電影吊鋼絲，他沒辦法以內炁輕身、外炁托體，若用蠻力不管三七二十一猛跳，一個能跳過大馬路的爆發力，說不定會把爛點的屋頂踩穿，而雖然影蠱的妖炁對這方面大有幫助，但就算加上影蠱，應該還是比不上對方快，反而可能會因為散出的妖炁而被找到，不如不用。

沈洛年一面觀察著對方的來勢，一面沿著道路奔跑，這時天色還亮，不少路人看到沈洛年穿著件古怪紅袍高速飛奔，忍不住都盯著猛瞧。

跑了一段距離，沈洛年到了常常經過的小公園外，他也不找門口，直接翻牆就跳了進去，找了個還算隱蔽的地方停下。

按道理說，對方感覺不到自己的炁息，目標鎖定的應該是自己家，不會知道自己往哪兒跑，但沈洛年此時仔細一觀察，對方早已暗暗改變方向，正往這公園奔來，看來若不是有什麼高空衛星監視著，就是他們早已四面安排了人手，監視自己逃跑方位。

這時如果闖出去，恐怕會和對方碰個正著，還不如躲在公園裡，就算有眼線看到自己往這兒逃，翻牆後總看不到吧？只可惜這公園太小了些……

對方似乎來了八個人合圍，且等他們都到公園後，自己再想辦法找空隙往外溜，或許有機會脫身。

沈洛年一面躲，一面觀察著，從炁息強度來看，那些人似乎都練過炁訣，現在身上沒煙霧彈，自己萬萬打不過，上次和他們宗長交手的拚命辦法，對方說不定也有防備，若一上來就先把自己手腳砍下，那可沒戲唱。

沈洛年躲避著公園裡面的所有人，閃身躲到廁所和圍牆間的牆壁窄道，而對方八人這時已到了公園外側，其中三個人在這三角公園外面分佔一點看守，另外兩個人不時騰空而起，在空中觀察，最後三個人則跳入公園，開始搜索。

這可有點麻煩了，自己若不動，對方一時還未必能找到，但若一動，八成馬上被逮……想上前偷襲，對方三人彼此呼應，就算偷襲得手，馬上就得應付兩人聯手，接著恐怕外面五個也會殺了過來，那可眞是完蛋。

這公園能躲的地方也不多，對方搜著搜著，越搜越近，沈洛年暗叫糟糕，若當眞被對方發現，只好藉著影蠱的外炁托體，試試看能逃多遠了。

想到這兒，沈洛年心念一動，把影蠱往外送了出去，追著三人之後飄，影蠱有影無形，平時身上只有一絲極爲微弱、連沈洛年都難以感應的妖炁構成虛影，那三人自然毫無感覺，很快地，影蠱停在三人身後十餘公尺外。

這時，在沈洛年控制下，影蠱吞食一絲渾沌原息，接著將原息轉化，倏然放出了一股妖炁。

三人感到不遠處突然無端端冒出妖炁，都吃了一驚，同時回頭往後觀察，彼此互相交換著眼色。

「有妖怪？」其中一個青年低聲問：「哪兒來的？怎沒看到？」

「似乎是初級靈妖……小體型的。」另一個回答：「躲在樹後面？」

「先別管，專心搜索目標……聽說他是縛妖派的。」領頭的中年人說：「看到小妖怪的話順便殺了。」

三人繼續搜索著，但仍不時觀察著妖怪，畢竟對道武門人來說，妖怪距離這麼近卻不管，實在很不習慣，其實不只三人注意，連空中那兩人都在留神，他們明明感覺到妖炁，卻一直沒找到妖怪，也很迷惑。

沈洛年看得清楚，當下讓影蠱在附近暗影中晃動，吸引著對方注意力，自己則找機會往外繞，閃到三人搜過的地方。

雖然沒馬上被抓，但沒逃出去就沒意義，沈洛年藉著影蠱掩護，自己小心閃避著空中的視線，一路往北邊的三角頂點接近。

看守著這一角的是個中年女子，她無視周圍路人的指指點點，倒提著何宗制式短劍，站在公園外圍牆壁的頂端凝視著公園。

沈洛年讓影蠱竄了過來，往女子接近，想吸引女子目光，但女子雖然目光動了動，卻仍定在那兒，而公園上下的五人，目光卻都集中過來，那三人更是轉往這兒奔。

弄巧成拙了，沈洛年暗罵一句，突然讓影蠱把妖炁散了，這下眾人都是一呆，動作又都慢了下來，四面張望著。

現在又該怎辦……看著圍牆上那女子老神在在的模樣，沈洛年就有三分氣，他心念一轉，影蠱無聲無息地沿著地面前進，從女子褲管探入，一路往上竄。

果然沒感覺，沈洛年暗暗得意，媽的，選個無關緊要的地方發作好了，當下沈洛年讓影蠱繞到女子背後，這才讓影蠱再度激引妖炁，從後面重重推了女子一下，順便把她背後衣衫爆開一個大洞。

影蠱的妖炁太弱，除了推一把之外，也傷不了已經變體的人，但對付衣服可沒問題，沈洛年本來只想讓女子分神，沒想到還有這意外效果，當下差點笑出聲來……知道厲害了吧？再追著不放下次就讓妳難堪。

女子可眞是嚇呆了，她驚呼一聲，轉身揮劍間，外炁亂發，快速疾旋查看，但影蠱如今妖炁盡收，更已被沈洛年收回，自是什麼也感覺不到。

沈洛年不禁暗暗得意，這東西雖然是最差的蠱術，但確實很適合嚇人。

女子這一亂，空中兩人和公園三人都集中了過去，眾人看到女子背後裸露了一片肌膚，都十分訝異，正四面張望，沈洛年卻已經鑽到了另外一角，那角站著一個青年，他似乎隱隱知道另一端有事，正忍不住打量著，但又不敢擅離。沈洛年對男人可不客氣了，影蠱派出，倏然把他屁股衣服炸飛，趁著男子遮著屁股找地方躲的時候，他覷個空，收了影蠱，逃之夭夭，總算沈洛年手下留情，沒炸他正面。

□

到了火車站，沈洛年四面看了看，看不出有沒有人注意著自己，他買了電話卡，用公共電話撥給葉瑋珊。

只響了一聲，葉瑋珊就接了起來，焦急地說：「洛年嗎？」

「他沒事吧？」那端話筒周圍同時傳來好幾人的聲音。

「我逃出來了。」沈洛年說。

「太好了……」葉瑋珊終於鬆了一口氣，低聲說：「見面我再跟你算帳……你怎不把電話改GSM系統？」

「忘了怎麼改。」沈洛年說：「英文看不懂。」

「你……」葉瑋珊說：「有帶著嗎？我教你改成自動切換。」

「有這辦法怎不早用？」沈洛年一面掏那大皮包一面說。

「因爲這樣可能會選到訊號較差的頻道。」葉瑋珊說：「快點！」

「好啦。」沈洛年照著葉瑋珊的吩咐，把那衛星電話做了調整，葉瑋珊還不忘吩咐他要記得改靜音，跟著才說：「你別等月底的飛機了，去和總統府聯繫，讓他們安排你早點過來。」

「嗄？」沈洛年詫異地叫了一聲……自己還沒喘過氣呢。

「我擔心他們會拿你叔叔威脅你。」葉瑋珊說：「離開台灣，別讓他們找到，你叔叔反而比較安全。」

「威脅我幹嘛？」沈洛年訝異地說：「他們不打妖怪就算了，幹嘛找我麻煩？」

「這說來話長，我也是昨天才接到消息……你先到安全地方，再慢慢跟你說。」葉瑋珊說：「火車站並不安全，只是讓對方多點顧忌，你掛了電話之後，馬上和總統府第四處聯繫，讓他們安排。」

「應該不用這麼擔心。」沈洛年說：「那八個人還在公園那附近亂轉。」

「八個人？」葉瑋珊有點意外地說：「沒想到居然派這麼多人，你怎麼逃開的？難道家裡還有煙霧彈？」

「沒有，都在檀香山……」沈洛年說：「我先和叔叔聯繫一下，再看該怎麼辦。」

「洛年，」葉瑋珊說：「萬一你叔叔已經被抓了，你馬上通知我們，然後躲好，千萬別和對方聯絡，對方找不到你就沒事，等我們回去再幫你救叔叔，知道嗎？」

「好啦、好啦。」沈洛年隨口答應了，掛上電話。

不會眞的找上叔叔吧？沈洛年和沈商山兩人這幾年不常見面，說不上有什麼格外深厚的感情，但有人動他，沈洛年還是會有火的。他又撥了一通電話給沈商山，想要叔叔先避避風頭。

這次電話倒是打通了，沈洛年等了片刻，直到那方傳來喂的一聲，卻不是叔叔沈商山的聲音。

沈洛年微微一怔，暗叫不妙，沉著嗓音說：「沈商山嗎？」

「他在忙，你哪位找？」對方這麼說。

「我是他朋友。」沈洛年說：「他什麼時候有空？」

「過兩天吧。」那人說：「你明後天再打。」一面把電話掛了。

媽啦，叔叔有事才不會開電話……看來有點不妙，要通知葉瑋珊他們來幫忙嗎？可是別說飛航至少要十幾個小時，飛台灣的航班也不是天天有，等他們來幫忙要等到什麼時候？沈洛年想了想，突然目光一亮，走出火車站，又往另一個方位奔了過去。

卻是那八人似乎終於放棄了，分成兩組散開，分別往不同的方向走，其中六人似乎回沈洛年家裡等候，另外兩人則往西方奔掠，沈洛年當即追著這兩人後面跑。

不過對方在空中飛跳，沈洛年沿著街道走，距離自然是越拉越遠，但也因爲距離拉遠了，沈洛年後來大著膽讓影蠱運出妖炁托起自己，減輕重量，這麼一來，奔跑的速度倏然提高，總算沒被對方甩出感應距離之外。

一路上，注意到沈洛年異常速度的人自然不少，不過這段時間，媒體對變體者的宣傳已起了一定的作用，見沈洛年這種奔馳法，不少人自動避開，彷彿看到響著警笛的警車一般，還挺多人拿著手機猛拍。

但對沈洛年來說，這可不是什麼舒服的感覺，所以當他使用影蠱托體、大幅降低重量之後，當即跳上高樓，從上方追逐。

對方並沒有御炁飛跳太遠的距離，剛到新莊，他們就收斂起炁息落地，但移動的速度卻只慢上一些，變成在地面彎彎曲曲忽停忽走，似乎是找了交通工具繼續移動，沈洛年怕對方注意到影蠱妖炁，只尾隨在數公里外，遠遠吊著。

這一追，就追到了中壢，那兒另有一名身具炁息的人正在等候，三人碰面後就停了下來，不再移動。

叔叔會不會被抓到那兒去了？姑且先接近後再看看狀況。沈洛年剛收了影蠱落地，卻見周圍馬上又一堆人望了過來。他渾身不對勁地走了幾步，這才突然想起自己穿著的血飲袍太過顯眼，連忙找間服飾店，買件薄外套包住血飲袍，還把多餘的下襬部分塞到褲子裡面。

這樣就像正常人了……不再被人盯著，沈洛年走動起來自在不少，他感應著方位移動，繞了幾個圈子，總算找到了目標建築物。

那是一棟樓高八層、半新不舊的小型集合型公寓大樓，整個住宅區看來頂多六、七十戶人家，入口處有個上了年紀的管理員，正戴著老花眼鏡看報紙，一面偶爾往外打量幾眼。

現在該怎麼辦？沈洛年可不是什麼受過訓的諜報人員，看著這陌生大樓，一時不知該如何是好，正遲疑的時候，那管理員突然接起對講機，一面說了幾句話，一面疑惑地看著外面的沈洛年。幾句話之後，他突然對沈洛年直招手，一面還喊：「小弟，過來一下。」

這是怎樣？被發現了？這時轉身逃跑好像也不大對勁，沈洛年見那管理員老伯並沒有惡意，想了想，還是走了過去，拿起對講機聽筒。

「你叔叔在這兒，我們只是想談談，上來吧，八樓之三。」對方旋即掛了對講機，裡面傳來的聲音，正是剛剛接電話那人的聲音。

他們引誘自己來嗎？沈洛年眉頭皺起，卻見管理員笑說：「不知道是不是朋友家，怎麼不來問一下？快上去吧。」

叔叔既然被抓，總不能不管，上去看看再說。沈洛年眉頭皺起，在管理員指引下，乘上電梯，往八樓移動。

到了八樓，電梯門一開，一個眼睛微腫、眼角下垂、嘴巴挺大、身材微胖的短髮中年人站在一戶門前，露出笑容說：「沈小弟，請進。」

「我叔叔呢？」沈洛年沒動。

「裡面啊，我們沒有難為他，也答應他不會難為你。」中年人微笑說。

雖然沒感覺到有什麼惡念，卻也沒什麼善念，這人的注意力似乎都集中在觀察自己身上，反而看不出他心底的打算，沈洛年看著這人，只覺得越看越討厭，加上已經確定對方綁架了沈商山，他心底一股怒火漸漸冒起，腎上腺素開始分泌，腦袋也漸漸不大管用。

只見沈洛年突然沉下臉說：「這種行為很差勁。」

中年人一呆，乾笑兩聲，正不知該怎麼說下去，沈洛年接著說：「不管你放不放我叔叔，我都不會和你們談。」

中年人還沒說話，身後站出一對男女，男子怒視著沈洛年說：「不識抬舉，你說這種話，不怕害了你叔叔嗎？」

這對男女，就是被沈洛年偷襲弄破衣服的兩人，看樣子是回來換衣服的，不過他們雖然懷疑沈洛年，卻也沒親眼見到是誰幹的，本就憋了一肚子氣，聽到沈洛年出言頂撞，忍不住出來支援。

沈洛年目光轉過，看著青年說：「不關我的事。」

這話讓三人都一愣，沈洛年接著說：「你們要怎麼對付我叔叔我管不著，但是我會報復。」沈洛年緩緩取出金犀匕，目光掃過三人。

「這小子感覺好可怕。」女子皺著眉頭嗤笑說：「聽說你叔叔是導演，你以為自己在演戲嗎？」

「沈小弟，別忘了你並未引炁，眞想和我們三人鬥嗎？」眼角下垂的中年人笑問。

「看樣子你們不準備放人。」沈洛年拿著匕首往前走：「打起來有損傷，可怪不得我。」

「站住！」青年持劍一揮，一股淡淡劍炁往外對著沈洛年射，但到了沈洛年身前，那股劍炁卻莫名地失蹤了。

三人一怔的時候，沈洛年往前一撲，金犀匕對著那中年人就劃了過去，中年人沒想到沈洛年二話不說就打，他連劍都沒拿在手中，只好怪叫一聲往後退開，一面忙著拔劍。

而那青年不明白為什麼劍炁沒用，又發了兩發，卻見沈洛年眨眼已經奔近，他只好拿劍往前刺。

對方動作雖快，但攻擊來勢卻單純直接，沈洛年看得清楚，金犀匕全力一格，破掉對方劍上炁息的同時，金犀匕和那柄短劍硬生生一碰，鏗的一聲，那柄輕薄短劍應聲折斷。沈洛年趁著對方發呆的同時，金犀匕順勢一揮，把青年的右掌砍了下來。

男子慘叫濺血的同時，女子跟著變色驚呼，她慌張地連揮劍炁，並迫出大片外炁，一波波地衝向沈洛年，卻是一點用處也沒有。

對方若好好以炁息托體、移動攻防，動作應該都比沈洛年快上很多，但是誰也沒想到他一言不合就衝上來廝拚，而且老實說，這些人也許打過妖怪，但未必眞有什麼和人類戰鬥的經驗，大家經驗都不豐富的時候，就看誰比較敢拚命，或者說看誰比較瘋狂。

尤其陽台空間又小，兩方距離一近，比的就是快狠準，翻臉狀態的沈洛年，可不知道什麼叫作憐香惜玉，當下衝到身前，翻手一揮，把女子右臂也砍了下來。

這些人的功夫一大半都在武器上，右臂一斷，武器也掉了，那對男女都慌了，抓著自己不斷噴血的手臂，除了慘叫還是慘叫，彷彿現在只剩下喉嚨有功能。

沈洛年不理會兩人，繼續往內走，剛走入客廳，卻見那中年人短劍架在沈商山脖子上，正躲在他身後，一面詫異地說：「你……你怎能這樣做？我們沒做什麼啊，站住！給我站住！」

「你們可以綁架人？我不能砍人？」沈洛年不管沈商山擋在前面，也不管他脖子上架著劍，就這麼拿著匕首往前急撲，那中年人這才發現自己似乎惹到瘋子，他一看不妙，一推沈商山，將他撞向沈洛年，跟著往後急退，竄入房中，破開窗戶往外逃。

沈洛年根本不管沈商山，直接追到房間，見窗戶破了一個大洞，對方已經跑得不見蹤影，他這才漸漸平靜下來，回過頭，看著張大嘴巴發呆的沈商山。

「洛年！」沈商山吃驚地說：「放下刀，別衝動。」畢竟是叔叔，知道沈洛年的毛病，連忙安撫。

「媽的，這些傢伙惹火我了。」沈洛年收起金犀匕，見那兩個男女還在叫，他皺眉說：「吵死了，還不快撿了手去看醫生？」

「你砍斷我的手！你砍斷我的手！」男子瞪著沈洛年，扯著喉嚨直叫，女子更是已經哭了出來，不斷地叫痛。

「媽的，死了就不會痛了。」沈洛年看到兩人那悲慘痛苦又憤恨的氣息就渾身不舒服，又拔出金犀匕說：「我幫你們解脫。」

「你……這瘋子……」這時誰也不敢再把沈洛年的話當玩笑，兩人連忙撿了手，連滾帶爬地往外跑，沈商山也一把抓住沈洛年說：「別這樣……他們對我也不算太過分。」

「有事直接找我！再碰我叔叔，我把你們何宗每個人的親戚朋友全部殺光。」沈洛年對著門外叫。

「洛年……」沈商山不禁嘆了一口氣：「這樣威脅人是犯法的。」

「別碰叔叔就好了啊，綁架就該死！單純找我我還沒這麼生氣，關叔叔什麼事？」沈洛年帶著沈商山往外走，一面說：「這些道武門叛徒不知道爲什麼想找我麻煩，卻連累到叔叔，叔叔你避一下吧。」

「他們似乎只是想找你談談。」沈商山卻皺著眉說：「這樣豈不是結仇了？他們會不會告你傷害？」

「管他的，他們還被通緝呢。」沈洛年說：「他們幾個綁架你、拿著劍等我，難道我要進去讓他們砍？」

「這倒也是，打官司的話可能打得過……」沈商山無奈地說。

兩人剛出電梯，管理員馬上有點驚慌地站起說：「發生了什麼事情？剛剛那兩位受傷了？身上都是血。」

沈洛年搖搖頭，懶得理會，帶著沈商山往外走，管理員看沈洛年神色不善，剛剛場面又可怕，當下閉上嘴不敢多問，縮頭坐回去了。

沈洛年招了計程車，一面說：「其他六個人都來了……叔叔，你先坐計程車走，我想辦法處理一下，看能不能把問題解決。」

「你可別眞的殺人。」沈商山忙說。

「沒這麼容易殺。」沈洛年頓了頓說：「剛剛是對方沒經驗發傻，他們要是好好打，我打不過的，說不定換我被殺。」

「那怎麼辦？加入道武門怎麼這麼可怕？」沈商山又吃一驚。

「總之叔叔你別管。」沈洛年叫了計程車，讓沈商山上了車，一面說：「我沒事了再打電話給叔叔。」

「我電話被他拿走了……你也沒辦自己的電話。」沈商山想了想，拿出紙筆寫了一個人名和電話號碼說：「打給這女人吧。」

「唔？」沈洛年接過，有點意外地看了沈商山一眼。

「這是常合作的劇務。」沈商山頓了頓，有點尷尬地說：「有時事情忙，我會住她那。」

「喔……」沈洛年抓抓耳後，收起紙條沒多說，叔叔老大不小了，有個女友也很正常。

「小心點。」沈商山也只能說這句話，讓計程車載著離開。

那六人似乎已經和那中年人會合，正聚在數公里外，接下來他們會殺過來嗎？他們剛剛如果沒被嚇到，自己是打不過的，這次有了準備，應該難以得逞，可是如果繼續逃，又不知道他們到底想幹嘛……沈洛年看著不遠處一間國小，他心念一動，往那兒走去。

至於那七人，這時剛在樹林山區會合，卻是那中年人逃出中壢之後，擔心沈洛年追來，急忙打電話召集另外六人回返，兩方在樹林山區剛一會上，那眼角下垂的中年人馬上慌張地說：「二哥，那小子根本是個瘋子！」

「發生什麼事了？昌世。」另一面的中年領隊和這人長相相似，不過雖然相似，卻完全是另外一種精明的味道，他皺眉說：「你們三個人還對付不了他嗎？阿慶和小琦呢？」

「他們……手被那小子砍斷了。」昌世慌張地說：「那小子，沒說兩句話拿著匕首就殺過來，劍炁打在他身上沒用，拿他叔叔威脅也沒用，只顧著砍人，只一下子他們兩個就……」

「你居然扔下他們倆？」二哥眉頭皺起說。

「我……沒辦法啊，那瘋子追著我殺來，我若不……連報信的人都沒了。」昌世低聲說。

「我們快去幫忙，手若早點接上，問題不大。」二哥當即領著眾人飛騰，往中壢奔去。

七人一路飛騰，一面掠出山區，二哥一面說：「昌世，你剛說劍炁對那小子無效？怎麼個無效法？」

「就是一打上去，劍炁好像直接不見了。」昌世忙說：「沒有炁息互消的感覺，也不是用肉體頂下的，他連衣服都沒破。他媽的，那小子下手好辣，挺著幾下劍炁衝近，刷刷兩刀就把他們手砍斷了，我們對他很客氣呢，瘋子一個！」

「大哥以前好像提過……」二哥沉吟說：「說要是遇到內外炁無效的人，要小心別讓他近身，否則會吃虧……難道大哥也遇過這種人？」

昌世一怔說：「對啊，大哥幾個月前確實說過這事……」

「現在沒法聯絡大哥，我們只能自己處理。」二哥轉頭說：「你們注意了，要是衝突起來，別用劍炁，用劍直接砍削，而且動作快一點，一觸即退，別讓對方接近。」

眾人應聲之後，七人進了市區，何宗和其他兩宗不同，處於通緝狀態，一般來說，爲了掩人耳目，接近自己據點時，他們不會繼續飛騰，但這時爲了救人，可顧不了這麼多，七人穿過桃園市區，打算就這樣直奔中壢。

這時，昌世身上突然傳出電話響，其他六人一怔，都忍不住瞪了他一眼，他尷尬地拿出說：「這是那小子叔叔的手機，我馬上扔了……」

「等等。」二哥一比手勢，讓眾人停下，一面說：「我接。」

昌世一怔說：「會是那小子嗎？」

「試試。」二哥拿過手機，打開說：「喂。」

「我是沈洛年。」另一端果然傳來沈洛年的聲音。

「幸會。」二哥目光一厲說：「我們的人呢？」

「那兩個斷手的嗎？」沈洛年說：「我叫他們快點去醫院了。」

聽到這句話，二哥鬆了一口氣，但仍半信半疑地說：「你沒騙我？」

「印象中，我們沒仇吧？」沈洛年說：「他們阻我救人，我才動手，幹嘛難爲他們？」

這倒是合情合理，不過聽昌世剛剛的說法，這小子可未必是合情合理的人……二哥想了想才說：「我們並沒有惡意，你就下這種辣手，讓人很難相信你。」

「信不信隨你。」沈洛年說：「你們綁架我叔叔，當時那三個人我就算全殺了，也不會跟你道歉，不用騙你。」

這小子倒眞是夠狠……二哥微怒說：「這也太過分了吧？」

沈洛年不理會二哥的抗議，冷冷地說：「你們一直說要談，現在還談不談？你是領頭的嗎？你們宗長呢？」

「當然談。」二哥試探地問了一句：「你見過我們宗長嗎？」

沈洛年哼了一聲說：「現在是你作主？」

「沒錯。」二哥說：「在哪兒見面？」

「其他人留在原地，你拿著電話繼續走。」沈洛年說：「你們那公寓的前面不遠有個國小……」

「信原國小。」二哥接口說。

「我們在大門口會面。」沈洛年說：「其他人留在桃園，我們談完前，他們最好別動。」

「明白了。」二哥掛了電話，回頭說：「我去和他碰面，你們在這附近逛逛。」

「二哥，危險啊，那小子是瘋子。」昌世驚訝地說。

「一個沒有引炁的人，動作快不到哪兒去，就算炁息對他無用，難道刀劍也殺不死他？」二哥哼聲說：「你們都留在這兒，等我電話。」

眾人無奈下，只好遵命，二哥當即繼續往前飛奔，赴沈洛年的約。

沈洛年在信原國小門口沒等多久，二哥已經趕到，他遠遠望著沈洛年，速度放慢緩緩走近，揹著手停在數公尺外說：「沈先生，我姓何，何昌國。」

那個一半禿頭的宗長似乎是叫何昌南，莫非是兄弟？沈洛年剛要開口，對方內外炁息猛然爆起，倏然欺身，隱在手肘之後的短劍也閃了出來。沈洛年一驚，連忙點地後退，但沈洛年以蠻力踢地的速度，本就不如對方御炁之速，何況一個前撲一個後退，速度差異更大。

只不過一瞬間，何昌國的短劍，已架在沈洛年的脖子上，正緩緩地說：「小弟，別動。」

ISLAND
你不是妖怪吧？

媽的，又使詐了！想砍就砍啊！沈洛年火上心頭，不管這麼多，他只停了兩秒，眉毛一揚，突然往前一衝，兩掌並推，對著何昌國的胸口撞去。

這種時候需要的就是決斷力，何昌國一呆，還沒拿定主意該不該砍斷沈洛年脖子，沈洛年的雙掌已經到了他胸口。

若沈洛年手中拿著尖刀，何昌國說不定還眞砍了，但只是一對肉掌，對方又沒有炁息，實在不用擔心這兩掌才對，何昌國遲疑了一下，沈洛年兩掌卻已經穿過了何昌國的護身外炁，硬碰硬地重重搥打在他胸口上。

這下可不輕，何昌國一下子往後飛摔出七、八公尺，不過短劍也在沈洛年脖子上拖了過去，那件外套領口馬上被切出一條長口子。

沈洛年顧不得脖子的問題，拔出金犀匕往前就衝，若讓這傢伙拉開距離，事情可就麻煩了。

何昌國雖然一下子呼吸不暢，卻沒受什麼重傷，畢竟彼此都是變體者，那股力量雖大，卻不足以讓他受創，何昌國吸了一口氣正想說話，卻見沈洛年那泛著淡金色的匕首，已經對著自己心坎戳來，他吃了一驚，點地時馬上御炁彈起，騰身飛掠，閃過了沈洛年的攻擊。

果然是個瘋子，劍擺他脖子上都不怕……而且這小子刀刀都向著要害，是眞想殺人啊？還好這小子雖狠，卻追不上自己；何昌國鬆了一口氣，閃了幾下，正想開口，卻見沈洛年莫名冒出一股淡淡妖炁，追擊的速度陡然增快數倍，惡狠狠地又撲了過來，何昌國一驚，忙說：「住手！我道歉！」

媽啦！可以這樣的嗎？沈洛年一下子不知該不該繼續追殺，正拿不定主意，何昌國又說：「你脖子沒事吧？我剛剛只是測試一下你的反應，幹嘛這麼拚命？」

脖子？沈洛年摸了一把，果然挺痛，該是被劃開了一道傷口，還好有血飲袍保護著，不讓傷口迸裂和溢血，但是有點奇怪，外套領口被割開了一長條破口，血飲袍怎麼沒破？

何昌國其實也有點意外，剛剛劍上的炁息雖然散失了，但他抽手的時候，確實感覺到劍刃割傷了沈洛年，而那兒正當要害，怎會沒事？

「媽的！混蛋！不跟你談了。」沈洛年瞪眼罵完，轉身就走。

「等等，」何昌國忙說：「我保證不會再胡亂動手。」

沈洛年停下腳步，回頭看著何昌國，想想剛剛何昌國確實沒有殺氣，他終於轉身說：「說吧。」

剛剛兩人一動手，已經離開了校門，現在在南側的圍牆附近，這時門口那兒，有個學校守衛正對兩人探頭探腦，似乎有點好奇。何昌國見狀說：「找個地方坐下談？」

「不用了。」沈洛年說：「坐太近又要彼此提防，直說吧。」

何昌國見沈洛年那股怪異的妖炁一直沒消散，知道他不信任自己，想想咳了一聲說：「我們希望你留在台灣，別再去噩盡島。」

沈洛年等了幾秒，見何昌國沒接著說，他皺眉說：「就這樣？」

「就這樣。」何昌國說。

「我聽完了。」沈洛年轉身說：「再見。」

「欸？」何昌國忙叫：「這不算談吧？你的意思呢？」

「當然不理你們。」沈洛年回頭沉下臉說：「我想去哪兒關你屁事？」

「話不是這麼說。」何昌國輕咳了一聲說：「你知道，我們反對和妖怪全面性的戰鬥，但最終目的，仍然是保護人類，並不是背叛人類……我們打算盡量和妖怪合作，彼此取得諒解，以後人類才不會有太多敵人。」

「總之你們認爲人類會打輸這場仗。」沈洛年說。

「對，強大的妖怪，不是現在人類能夠想像的。」何昌國說：「如果現在和所有妖怪結下深仇，日後人類日子只會更難過。」

其實沈洛年倒同意他的說法，既然高科技武器都不能用，不管怎麼看，人類總會打不過妖怪，別說懷眞那種特級的妖仙，那幾日看到的刑天、窮奇、畢方，都強大到難以抗衡，至於牛首妖、鑿齒之類稍次等的，也許變體者勉可對付，但普通人呢？

何昌國見沈洛年不說話，以為他不信，忙著又說：「你相信我，預言早就提出此事，只是道武門總門有人故意遮掩下來，想逼迫人類打這場沒希望的戰爭。」

眞有此事？沈洛年一怔說：「怎麼說？」

「如果日後道息充斥，到處都是妖怪，人類的武器、科技完全無用，恢復原始生活……」何昌國說：「你認為誰的損失最大？」

誰都損失很大吧？但對方不是要這種答案，沈洛年想了兩秒就說：「不知道。」

「損失最大的，是各國政要、掌權者、有錢人！」何昌國說：「我們損失了便利的生活，他們卻還得損失榮華富貴和權力，當那一刻到來，國家、社會、經濟狀態都得重組，他們怎能忍受這種事？所以雖然預言說了打不過，他們卻硬是要扭轉，才逼大家打這場仗。」

沈洛年倒有點聽不懂了，開口說：「這和道武門總門有什麼關係？」

「當然有關，近百年來，道武門各宗派幾乎都受國家管制，國家又都掌握在那些人手中，現在有些道武門人更直接變成國家的軍隊……」何昌國說：「當我們何宗選擇不和妖怪作戰後，馬上就少了一切資源，被污名化、妖魔化，最後還被通緝，這還是號稱民主的台灣，其他地方呢？有多少宗派能承受這種壓力。」

說得雖然很好聽，也不像說謊，但沈洛年看著何昌國，卻還是看到一縷貪婪的氣味，雖然他不明白這股氣味從何而來，反正不像好人的味道……沈洛年當即說：「你說這些，就是要我別去噩盡島殺妖怪？」

「如果你願意加入我們，那當然更好。」何昌國說：「我們聯合全世界志同道合的友人，創立了一個組織，叫作『共生聯盟』，主張人和妖怪同在一個地球上，應該和解共生……」

這口號好熟，幾年前是不是聽過？沈洛年微微皺了皺眉。

何昌國倒是挺會察言觀色，見狀一改口說：「如果你不願加入，當然不能勉強，我們只希望你別去噩盡島，造成彼此的困擾，那就很感激了。」

造成誰的困擾？沈洛年想起葉瑋珊的話，試探地說：「你們派人去噩盡島上了？」

沈洛年知道此事，何昌國似乎有點意外，他停了幾秒之後，點頭說：「這也不是祕密，許多『共生聯盟』的夥伴都已潛入噩盡島，和妖怪合作對付來犯的道武門人，如果你也去噩盡島，兩方難免有衝突，我們希望能避免這種事情。」

總門可有幾萬人呢，共生聯盟的人有多少？混進去有用嗎？沈洛年不明白，卻也不想問了，總之已經知道對方的要求，沈洛年當即說：「若我不答應，你們本來打算逼迫我答應？」

「是。」何昌國笑容一斂說：「現在仍是這個打算，若是不得已，我們打算擒下你，慢慢勸說。」

勸說？沈洛年冷哼一聲，看著對方說：「不打算用我叔叔威脅我了？」

「不會了，那不是個好計畫。」何昌國暗想，這瘋子自己的性命都不珍惜，怎會珍惜別人的？只是枉結冤仇而已，一面說：「你似乎是不受威脅的人。」

看來不像說謊，沈洛年放輕鬆了些，點點頭說：「那我也老實告訴你，我非去不可。」

何昌國臉色一變說：「你雖然身懷異術，但我未必對付不了你。」

「殺了我不難，砍下腦袋就可以。」沈洛年拔出匕首，看著何昌國說：「想抓住我可不容易。」

何昌國緩緩露出短劍，兩人目光相對，一觸即發。

兩人正對峙時，突然不遠處傳出鐘聲，學校內一陣鬧哄哄的聲音跟著傳出，一堆小學生又跑又跳地衝出校門口，一部分和等在門口的家長們會合，一部分彷彿散開的螞蟻，四面八方到處亂走，只不過幾秒鐘的時間，兩人身邊都是放學的小朋友。

小朋友們看著兩人拿著武器對峙，不少人好奇地停下腳步，似乎想看後續發展，一面還有不少人已經開始偷偷討論。

這樣實在打不起來，小孩似乎和那些酖族女巫一樣，天生具有降低惡念的力量，兩人看著周圍，嘴角不禁都露出笑容，也不大想在這兒動手了。

沈洛年收起金犀匕，遠遠看著何昌國說：「我跟斷手那兩人說過一次，現在再告訴你一次，你們找我無妨，但若還有人碰我叔叔，小心我誅何宗九族。」

何昌國臉色一變，卻見沈洛年已經轉身，排開一波波的小朋友們，往另外一個方向離開，隨著他轉過牆角的一瞬間，沈洛年身上妖炁倏然消失，何昌國再也掌握不住他的去向。

何昌國這一剎那，心中卻不禁有點惶然，剛剛若當眞動手，自己眞能打贏這小子嗎？而他若眞想跑，自己攔得住嗎？他身無炁息，躲起來找得到嗎？上面交代了有重要事情詢問沈洛年，不能殺了他，那打起來縛手縛腳，反而更添危險。

「什麼是豬和宗九族呀？」一個小朋友在旁低聲問。

「九族是個玩的地方，我去過喔。」另一個小朋友一面走一面笑著回答。

聽著童言童語，何昌國卻是心中微寒，沒想到這時代還有人會說出「誅九族」這三個字……恐怖的是——沈洛年一點也不像是開玩笑。

這種不怕死又不怕殺人的瘋子，誰來對付誰倒楣，他現在雖然說找他動手沒關係，說不定改天火起來，突然又覺得有關係，何宗的親戚朋友不就冤大了？噩盡島的事情，是所有「共生聯盟」的事，讓何宗獨自扛起對付這瘋子的任務，可太不划算。

何昌國心念一轉，決定不再理會此事，當下電話聯繫，要所有人別再接近沈洛年。

另一面，沈洛年倒不知道，自己發狠說的那幾句話，居然嚇跑了何宗留在台灣準備對付他的人。

不過何昌國倒也是見機得快，沈洛年確實不是開玩笑的，他本就是衝動性格，而在渾沌原息看透事物本質的效果下，漸漸地，在他眼中人、獸、妖、仙其實都差不多，除了交情不同之外，頂多是靈智比重不同，沒有哪種命比較尊貴，他當日既然能連殺二十幾個鑿齒，殺人就不會手軟……而且沈洛年心中一直隱隱覺得，死亡其實也是不錯，幫人解脫未必是壞事。

平常時候，他自然不會想著「幫人解脫」，但若眞讓他火上心頭，他才不管殺的人是否無辜，誅何宗九族對他來說，和殺死一窩螞蟻比起來，除難度不同之外，也沒什麼差異。

沈洛年一面在中壢街頭隨便逛著，一面思考……感覺上，除非那人又改變了想法，應該不會再對自己叔叔沈商山動手了，不過爲了愼重起見，還是讓叔叔多避一陣子……嘖，剛剛忘了討回叔叔的電話。

本來以爲一定打不過他們，不過配合著影蠱的妖炁，似乎還頗有一拚的可能？莫非這些人不大成才？沈洛年回想著幾場戰鬥，無論是何昌國還是那兩個被砍斷手的男女，速度似乎都比當初那個禿頭老爹慢多了，也不如賴一心等人……但他們炁息的施出感，又不像沒練過四炁訣……沈洛年走著走著，突然想通，大概因爲噩盡島的影響，現在世界各地的道息比過去少了許多，這些道武門人體內炁息大幅減少，一個個都變弱了。

原來是這樣！媽的，回噩盡島可得小心被這些「共生聯盟」的人報復，到那兒自己可打不過他們。

咦？那是什麼？沈洛年突然感覺一陣古怪，四面看了半天，才突然悟通，這想必是傳說中的手機震動，連忙打開背包，接起電話。

「洛年？」葉瑋珊說：「你沒事吧？」

「沒事呀，又幹嘛？」沈洛年說。

葉瑋珊似乎鬆了一口氣，又跟著火大起來：「爲什麼沒和總統府聯繫？你……怎麼沒有一句話肯聽的？」

「幹嘛老要我聽話？」沈洛年說。

「你……我是擔心……你這……」葉瑋珊一下子氣得說不出話來。

「好啦、好啦。」沈洛年倒覺得有點好笑，接口說：「他們綁架我叔叔，我剛在忙啦。」

「眞的這麼做？太過分了。」葉瑋珊有些生氣地說：「你別輕舉妄動，我們回去幫你。」

「不用。」沈洛年說：「我把人搶回來了。」

「啊？」葉瑋珊吃了一驚：「怎麼可能？何宗的人應該有練炁訣吧。」

「現在外面道息不足，他們變弱了。」沈洛年說：「而且留下的人似乎不很習慣打架。」

「你叔叔沒事嗎？你也沒受傷吧？」葉瑋珊說。

受傷嗎？沈洛年摸摸脖子，似乎已經合口了，他只說：「叔叔沒事，我……一點小傷，也沒事。」

「對方呢？有人受傷嗎？」葉瑋珊又說。

「嗯……」沈洛年考慮了兩秒才說：「我把兩個擋路的傢伙手砍斷了。」

「啊？」葉瑋珊似乎驚得說不出話來。

「既然都變體了，縫回去該會好吧？」沈洛年抓頭說：「我有趕他們去看醫生了。」

「你……拜託你別留在台灣了。」葉瑋珊有點慌張地說：「讓你自己到處亂走，都不知道你會做出什麼來……」

沈洛年不禁好笑地說：「晚點啦，我想去買個不用電池的手錶，不然每次上噩盡島都不知道時間。」

「一般手錶受不了我們戰鬥時的震動，別買了，不如學日月星辰的分辨法。」葉瑋珊說。

「喔……」沈洛年倒沒想到這一點，不禁頗失望。

「你這次去雲南的目的，眞的不能說嗎？」葉瑋珊突然說。

沈洛年微微一怔說：「妳不是說不問了嗎？」過去葉瑋珊問過幾次，沈洛年懶得解釋血冰戒和咒誓的問題，都沒對她多說，後來葉瑋珊也不問了，沒想到今日又提起。

「可是他們都說，你是爲了追求那個漂亮小女巫才跑去的。」葉瑋珊說：「我說不可能爲這種事跑這麼遠，他們又不信，你又不肯說原因……不會……不會是眞的吧？」說到最後，葉瑋珊似乎也有點懷疑了。

沈洛年不在乎，好笑地說：「隨他們說吧……大家身體都好了？」

「差不多了，等你來我們就可以上噩盡島。」葉瑋珊說：「不過這次得小心點，有個組織叫『共生聯盟』……」

「何宗他們？」沈洛年問。

「他們告訴你了？」葉瑋珊有點意外地說：「總門那批人在練炁訣，這段時間上噩盡島的人不多，他們這組織近千人趁機混上島……反過來對付上島的其他人類，這消息我們也是昨天才輾轉知道的。」

「何宗的人有提起此事。」沈洛年頓了頓說：「那島周圍不都是軍艦嗎？怎麼這麼容易混上去？」

「因為不少宗派現在都脫離了總門管制，自行上島除妖，周圍管制就鬆了些……」葉瑋珊說：「我昨天一得到消息，就知道總門那兒一定有他們的奸細，想提醒你小心，但……你昨晚就是不打電話來！」

「別翻舊帳。」沈洛年說：「他們幹嘛埋伏我？」

「什麼舊帳？才昨晚的事情！」葉瑋珊好氣又好笑地罵了兩句才說：「他們畢竟人少，只能靠著妖怪和人類的矛盾擠在中間打游擊，若是有你在，領著大軍針對他們清過去，那千餘人可就危險了，所以他們會不希望你來；我想警告你小心，又等不到電話，只好拜託總門派人在昆明機場找你……後來消息傳回來，聽說委託的那兩個航警，莫名其妙被人打翻了，沒和你說上話，我們急死了，最後只好估計時間，打你家電話。」

昆明那兩人原來不是壞人？沈洛年不禁有點尷尬，這看情緒的能力畢竟不夠完美，也許他們只是覺得突然多了件很煩的事情，看著自己的神色才頗為不善，以後想先下手為強的時候，還得多斟酌。

「你還是要等二十九號的飛機嗎？早點來還是比較安全……」葉瑋珊低聲說：「還是我說沒用，要其他人來說才行？」

「呃……」這女人又開始想岔了，沈洛年只好說：「好啦，我考慮一下，我回台灣是有事情，又不是回來渡假。」

「啊？」葉瑋珊不明白地說：「什麼事？」

「問問妳也好。」沈洛年說：「瑋珊，如果以後整個世界都會變得跟噩盡島一樣，妳覺得我們應該先買點什麼東西準備著啊？」

葉瑋珊呆了呆才說：「所以你剛才說要買手錶？」

「對啊。」沈洛年說：「會不能用電，也不能用火對吧？」

「不是不能用火。」葉瑋珊說：「不能聚集大量可燃物或爆裂物，至於火的話，一般生火好像沒問題，但太大的火似乎會出妖。」

「嗄？火會出妖？」沈洛年不明白了。

「噩盡島剛擴大的時候，有試過高空扔下燃燒彈。」葉瑋珊說：「這你知道嗎？」

「嗯，聽說還沒落下就自爆了？」沈洛年聽劉巧雯提過。

「對，但不只是高空自爆而已。」葉瑋珊說：「爆出大量火焰的時候，跟著出現一種吞食火焰的妖怪，把火焰吸收繁殖，變成好幾隻紅色的鼠妖，落到島內，牠們爬過的地方，樹木枝幹就冒出火焰燃燒，跟著牠們又把火焰吞噬，繼續繁殖，就這樣不斷擴張。」

「啊？」沈洛年倒沒聽過此事，那噩盡島怎麼沒被燒光？

「本以爲那鼠妖會這麼燒下去。」葉瑋珊接著說：「但不知道爲什麼，沒過多久鼠妖就不見了，後來幾次的炸彈都這樣，就沒繼續測試……直到看到疑似畢方的妖獸出現，有人開始懷疑那些妖鼠是畢方吃掉的——因爲傳說中畢方會吞食火鼠。」

唔，扯得有點遠了……沈洛年咳了兩聲說：「所以我該買什麼？」

「你覺得世界會變成那樣嗎？」葉瑋珊低聲說：「我們的努力都會白費？」

「有備無患囉。」沈洛年說。

「嗯……」葉瑋珊沉吟了一下說：「打火石、各種耐用的刀工具、知識性書籍，還有作物種子……一時我也想不了這麼多，但不管你想買什麼，夏威夷這邊大部分都有啊。」

「我又不會說英文，怎麼買？」沈洛年沒好氣地說。

「學啊。」葉瑋珊說：「只要常說，慢慢就會說了。」

會說的人都講得很輕鬆啦……沈洛年哼了一聲說：「反正就這樣，我要回台北找地方住了。」

「洛年。」葉瑋珊又喊了一聲。

「怎樣？」沈洛年問。

「我到底要怎麼做，你才會稍微聽我的建議呢？」葉瑋珊放柔聲音說。

媽的，要她怎麼做？沈洛年莫名其妙地臉一紅，胡亂地說：「再說啦……啊，快沒電了，再見。」

「洛、年！」葉瑋珊忍不住嗔罵。

「再見啦！」沈洛年有些慌亂地掛上電話，怔忡良久，這才把那有些浮動的心情穩定下來，他嘆了一口氣，放出妖炁，托著自己往台北的方向騰行。

□

沈洛年最後還是拖了五日才離開台灣，葉瑋珊唸了幾句沒用，也只好放棄。

這五日中，一直沒有其他異狀，看來何宗當真已經放棄，沈洛年稍感安心，通知叔叔沈商山之後，這才離開台灣。

穿著運動服、斜揹著當時逃出家門時帶的方形皮革大包，沈洛年走出檀香山機場大廳，很快就找到熟悉的臉孔。他目光掃過，見除了白玄藍和黃齊那對長輩之外，其他八人居然都來了。

四個男孩們，根本就換上了這兒的海灘褲和夏威夷短衫，幾個女孩子倒是和過去裝扮差不多，瑪蓮依然是豪放的短褲配短袖，奇雅依然全身包得密不透風，吳配睿是背心配長褲，仍是個運動員的模樣，只有葉瑋珊比較特殊，居然穿著一襲白色短袖洋裝，及膝短裙下那雙腿，還是讓沈洛年忍不住偷瞄了幾眼。

不過現在人多，不便多看，沈洛年迎上去，有點意外地說：「大家都來了？」

「大家都想來啊。」賴一心呵呵笑說：「這兒計程車很大，坐得下。」

「你結了仇怨，這兒說不定會有人埋伏，大家一起來比較安全。」葉瑋珊微笑接口說。

「前陣子都在養傷，有機會出來走走當然不能錯過。」瑪蓮也笑嘻嘻地說：「洛年聽說你砍了何宗人的手？靠，我們上噩盡島的時候一定會很熱鬧。」

「呃……」沈洛年倒沒想到，自己砍了那兩人的手可能引起「共生聯盟」的敵視，這樣豈不是拖累了白宗？所以葉瑋珊才一直要自己聽她的話嗎？沈洛年想到這兒，不禁微微皺眉，看了葉瑋珊一眼。

葉瑋珊不明白沈洛年的意思，疑惑地以目光詢問，卻見沈洛年只搖了搖頭，似乎不想在這時候多說，葉瑋珊也就罷了。

「洛年你好差勁，離開檀香山之前，都不來醫院看我和瑪蓮姊，還有宗長！」吳配睿開始算帳：「我們躺了好幾天耶。」

「看了又不會好比較快。」沈洛年哼聲說。

吳配睿故意板起臉哼了一聲，但卻又忍不住偷笑，卻是眾人慢慢習慣沈洛年的口吻，反而慢慢把這種語氣當成是一種笑話來聽。

「計程車還在等。」葉瑋珊說：「一面走一面說吧？」

眾人邁步的時候，張志文卻對瑪蓮擠眉弄眼，瑪蓮卻輕推了奇雅一下，奇雅則皺皺眉頭，白了瑪蓮一眼。

瑪蓮見狀吐了吐舌頭，回頭對侯添良使眼色，侯添良則猛搖頭退開兩步，又推了張志文一把，至於黃宗儒和吳配睿兩人卻躲遠遠在旁邊一個苦笑一個偷笑，沈洛年眼睛瞄到，卻不知這群人在搞些什麼。

坐入了「加長型」的計程車，九人坐成三排，沈洛年旁邊正好是賴一心和葉瑋珊，這時前面六個人，除奇雅之外，其他五人交頭接耳、嘰哩咕嚕地吵成一團，過了好片刻，五人居然伸出手來划拳，也不知道在賭什麼東西。

「他們在幹嘛？」賴一心詫異地問。

「還不是那回事。」葉瑋珊忍笑說。

「喔！」賴一心醒悟了，哈哈一笑，看了沈洛年一眼。

搞屁啊？沈洛年莫名其妙，皺著眉頭，每個人都瞄了一眼。

那五人剪刀、石頭、布地一陣廝殺，終於出現了最後的落敗者……或者該說勝利者，總之，瑪蓮一臉苦相地叫：「爲什麼！」

「瑪蓮姊快點！」吳配睿拍著手笑說。

「哎呀。」瑪蓮嘖了一聲，故意說：「人家畢竟也是女生，哪好意思問啊？」

「瑪蓮姊說自己是女生耶！嘖嘖……」張志文和侯添良兩個馬上一起大噓特噓，氣得瑪蓮捲袖瞪眼，要不是車子不夠大，說不定已經打起來了。

「瑪蓮姊，願賭服輸啊。」黃宗儒笑說。

「臭小子們！」瑪蓮轉頭對身旁的奇雅說：「奇雅，妳幫忙問啦，洛年都不會發妳脾氣。」

「我才不管，自己去問。」奇雅轉過頭看窗外，張志文、侯添良、吳配睿等人則開心地拍手喊：「瑪蓮！瑪蓮！瑪蓮！」

「好啦！」瑪蓮豁出去了：「通通住嘴！」

眾人全部安靜下來，瑪蓮回頭說：「那個……洛年啊。」

「是？」沈洛年皺著眉頭說。

「別這樣嘛，」瑪蓮乾笑說：「好像等我一問，你就要準備發脾氣一樣。」

沈洛年眉頭皺得更厲害了，看著瑪蓮不吭聲。

「那個……」瑪蓮說：「你突然跑去雲南，到底是爲什麼啊？」

原來是爲了這種事情？沈洛年一時之間不禁有點無力，皺眉嘆了一口氣，眞不知該怎麼應付這群人。

瑪蓮既然開了口，也就不客氣了，當下大聲說：「我們知道你有難言之隱，所以你不用回答得很清楚，只要回答選擇題就好了。」

「嗄？」沈洛年詫異地說。

「蚊子你來唸！我哪會背那些。」瑪蓮回頭瞪了張志文一眼，卻是她和這幾人熟了以後，自然而然也開始叫他們的綽號。

「好吧。」張志文清了清嗓子說：「一、只是想送她們回去；二、單純爲了避一避；三、去觀光；四、和小露有關；五、以上皆非。」

這算什麼選擇題？沈洛年不禁瞪眼。

張志文接著說：「順便說一下，現在一有一注，四有五注，五有一注。」

拿我來賭博？沈洛年不禁傻眼。

瑪蓮笑說：「當然是四吧？」

「一定是四！」吳配睿也說。

「四！四！四！」侯添良喊。

「哪些人下注啊？」沈洛年問。

「宗長夫妻和奇雅沒玩。」瑪蓮笑說。

沈洛年一聽，轉頭看著賴一心和葉瑋珊瞪眼說：「你們倆也有份喔？」

賴一心呵呵笑的時候，葉瑋珊抿嘴說：「我們是被逼的，不然……」

「不能再說了，會影響答案的公正性！」張志文搶著說。

「我跟你們說吧。」沈洛年說：「我是去學東西的。」

「不能騙人喔，這可是和金錢有關！」瑪蓮睜大眼睛說。

等到了島上指引方向時，也不能隱瞞，沈洛年一面搖頭，一面緩緩說：「她們有種辦法，學會以後，可以藉此找到懷眞的去向。」

聽到「懷眞」這兩個字，所有人都收起笑容安靜下來，每個人都知道，當時懷眞爲了救人，衝出去擋住刑天，從此下落不明。這一個月，葉瑋珊不時向去過噩盡島的宗派打探，也沒有得到任何消息，看來是凶多吉少，大夥兒心中都有點愧疚，這段時間，眾人私下相處時，誰也不願提懷眞這兩個字。

在多數人的心中，懷眞應該已經死了，聽到沈洛年突然這麼說，誰也說不出話來。

「眞有辦法找到懷眞姊？」賴一心首先有反應。

「什麼樣的辦法？」這句話卻是奇雅回頭問的。

「懷眞姊……」吳配睿忍不住說：「都快一個月了，她……她……」

沈洛年撕掉手上的ＯＫ繃，露出血冰戒說：「這是我和懷眞立下的咒誓之戒……這戒指還在，代表她還活著。」

「咒誓之戒？」眾人都沒聽過這名詞，全都嚇了一跳，而除了奇雅和瑪蓮看過這戒指之外，其他人都沒見過，不禁大驚小怪地擠上來看，不過車裡面實在不方便，一下子亂成一團。

「所以懷眞姊確實沒事？」賴一心露出笑容，用力一拍手說：「我就知道！我就知道！」

「當時我看到懷眞手上的戒指，就覺得有古怪。」奇雅忽說：「不過你老包著，我也不好多問。」

「咦？」瑪蓮詫異地回頭說：「懷眞姊手上也有？」

「妳只顧著看她的臉，所以沒注意到。」奇雅淡淡地說。

「對！懷貞姊手上有類似的紅色戒指，我注意過。」黃宗儒瞪大眼睛說：「原來這不是普通戒指？」

「懷貞姊沒事就太好了。」吳配睿跟著目光往旁一瞟，故意帶點酸味地說：「無敵大好細心呢。」

「呃？」黃宗儒吞了一口口水，接不下話。

「怎麼樣找懷貞姊？」葉瑋珊問。

「開啓玄界之門施法……」沈洛年說：「見證誓言的玄靈，會指引方向。」

這可沒人聽得懂了，眾人面面相覷好片刻，侯添良想了想突然說：「洛年，你和懷貞姊幹嘛立什麼誓言啊？」

沈洛年一怔，正不知該不該說，葉瑋珊已經打岔說：「人家的私事就別管吧，洛年，你試過那方法嗎？」

「嗯。」沈洛年下飛機前就測試過了，點頭說：「該是在噩盡島上沒錯。」

「可以讓我們看看那個方法嗎？」吳配睿好奇地說。

「可以啊……」沈洛年想想突然說：「會有妖炁，你們別介意。」

「啊？」眾人都是一呆。

沈洛年不再多說，以影蠱施放妖炁開門，原息透過戒指，這時傳來的一串影像和方位可就清楚多了，越過一大片海洋，到了噩盡島上，一路往高地過去……沈洛年已經知道，這法門能顯示的畫面有限，如果距離很遠，就會看不明白這些片段畫面，但是距離近的時候，就足以連接出路線方位，到了噩盡島上，說不定會直接在腦海裡組成一條完整的路線圖。

「沒錯，噩盡島山上……島中央山峰。」沈洛年說。

「已經完成了？」吳配睿詫異地說：「什麼都沒看到。」

「別人感受不到。」沈洛年說。

「剛剛眞……眞有妖炁，這是怎麼回事？」瑪蓮張大嘴，詫異地說：「靠，洛年你沒人炁卻有妖炁，你不是妖怪吧？」

沈洛年白了瑪蓮一眼，散去妖炁說：「忘了我是縛妖派的嗎？」他早已經準備了這個理由，畢竟蠱術聽起來頗恐怖，加上酖族女巫似乎也不想讓這事傳出去，還不如用縛妖派當理由，剛好把兩個謊言兜在一起，天衣無縫。

「啊！」眾人一陣驚呼，葉瑋珊說：「你有了自己的妖怪嗎？在哪兒？好像……好像不是很……」

「好像很弱啊！」瑪蓮一點都不客氣地嚷了出來。

「弱的別人才感覺不到，我反而喜歡。」沈洛年隨口說：「這隻小妖，只爲了用來施咒找懷眞而已。」

「眞的耶，妖炁又完全不見了。」張志文詫異地東張西望說。

「啊！差點忘了。」葉瑋珊突然笑說：「只有我押五，一家獨贏，志文你這組頭把錢拿來！」

「啊……」周圍馬上傳來一陣慘叫，張志文愁眉苦臉地掏出鈔票，數給葉瑋珊。

「誰押一？」沈洛年望向賴一心說：「一心嗎？」

「對啊。」賴一心笑說：「我猜錯了，呵呵。」

「我和一心本來不想玩的。」葉瑋珊拿著鈔票在手中搖，一面忍笑說：「他們說五個人都選四，賭不起來，逼我和一心出錢陪賭。」

「可惡啊。」瑪蓮不大甘願地說：「瑋珊妳每天和洛年通電話聊天，有沒有作弊？」

「誰每天聊天？」葉瑋珊一怔，微微皺眉說：「我們只談正事。」

「是啦、是啦。」瑪蓮嘟著嘴，沒勁地轉身坐下。

片刻後計程車停了下來，車門打開，眾人紛紛下車，沈洛年一下車，卻見大片的海橫在眼前，竟是個小碼頭；碼頭前端，一艘中型遊艇上，白玄藍和黃齊正在上面揮手。

ISLAND
也許我能飛

一下車，侯添良、張志文也不知道在比什麼，兩人運起炁息，一溜煙地衝上了船，往船艙裡面鑽了進去，吳配睿也跟著在後面跑，一面罵：「等我啦！」一面追了上船。

「那是什麼？」沈洛年看到遊艇吃了一驚。

「我們住在上面啊。」葉瑋珊笑說：「等你到了，我們就要準備出海。」

沈洛年一面隨著眾人走，一面詫異地說：「租這很貴吧？」

「當然是政府出錢。」瑪蓮哈哈笑說。

沈洛年意外地看著葉瑋珊說：「妳不是說，白宗退出總門管束的事情，台灣當局不大高興？」

「是啊。」葉瑋珊一笑說：「不過沒關係，反正還有李宗留在裡面。」

「李宗啊，」瑪蓮說：「也快被整死光了吧？聽說只剩幾十人了。」

「嗯。」葉瑋珊說：「所以當局已經開始覺得我們這樣做比較好。」

「那怎麼不叫李宗也退出？」黃宗儒湊近參與討論。

「因爲大家都知道李宗代表台灣政府。」葉瑋珊頓了頓，一笑沒繼續說。

「所以呢？」黃宗儒問。

「笨蛋！」瑪蓮笑說：「總門那群勢力是中、美、日、韓大集合，你認識的台灣政府敢得罪哪個？」

「也對。」黃宗儒也笑了。

「而且老實說，這對政府來說只是小錢，每年都拿幾百億出去送人，怎會在乎這一點？」瑪蓮笑嘻嘻地跳上船，一面嚷：「宗長，快出發吧，我好懷念噩盡島上那充滿力量的感覺。」

白玄藍笑著搖搖頭，沒回答瑪蓮，只對著剛沿著踏板走上船頭的沈洛年笑說：「洛年，你一切都好嗎？台灣那兒也都還好嗎？」

這看似大姊的阿姨對人總是這麼溫柔，更難得的是挺眞誠的，讓人感覺很舒服，沈洛年忙說：「宗長，一切都好。」

奇雅從沈洛年身旁經過，突然扔下一句：「你對宗長說話倒是規規矩矩的。」

沈洛年一愣，葉瑋珊已經白了沈洛年一眼說：「好像眞是這樣，以後讓舅媽和你聯繫好了，省得我被你氣死。」

「呃？」沈洛年還沒來得及說話，白玄藍已經笑說：「瑋珊怎麼吃起舅媽的醋了？」因爲白宗現在剩下人很少，又都是自己人，葉瑋珊有時候不稱宗長、黃大哥，直接喊舅舅、舅媽。

「誰吃他的醋啊？」葉瑋珊一怔，不禁偷瞄了賴一心一眼，卻見賴一心一點反應都沒有，正和黃齊說話，葉瑋珊不禁又有點不快，低下頭輕嘆了一口氣。

「洛年。」黃宗儒走近說：「這遊艇有四間房，一間船員住，其他三間我們住，我們五個男生擠一間大房，你留在飯店的行李已經搬進去了，我帶你過去？」

「謝謝……啊！等一下。」沈洛年突然回頭說：「瑋珊。」

葉瑋珊正走到白玄藍身旁，準備商量出海時間，聞聲回頭說：「怎麼？」

「我有事想跟妳談。」沈洛年說：「有空找我一下。」

「喔？」葉瑋珊轉身走近說：「現在談也行啊。」

「有沒人的地方嗎？」沈洛年說。

葉瑋珊微微一怔，還沒回答，瑪蓮已經湊過來說：「幹嘛？洛年要告白嗎？」跟著馬上被沈洛年和葉瑋珊同時白了一眼。

葉瑋珊想想回頭說：「舅媽，我和洛年到妳房間談一下？」

「好啊。」白玄藍笑著點了點頭。

「來吧。」葉瑋珊說。

沈洛年對黃宗儒打個招呼之後，隨著葉瑋珊走下船艙。兩人走到底艙，那兒四扇門兩兩相對著，葉瑋珊打開其中一間，裡面雖然稱不上豪華，倒是意外地寬敞，如果只有兩個人住，實在頗舒適。

「這間和女孩那間是套房。」葉瑋珊在天窗下的長條椅上坐下，回頭說：「有什麼事？」

沈洛年打開皮革包，將那本道咒總綱遞了過去，一面說：「我這次去雲南，拿到這本書。」

「什麼？」葉瑋珊微微一怔，翻開書，看了幾行，只見她微微皺眉，臉上的神色似乎越來越是詫異。

她好像看得懂耶？沈洛年暗暗佩服，他自己也翻過，感覺實在很像天書，看來在學校好好讀書，其實還是有用。

葉瑋珊看了片刻，突然快速地翻了翻，跟著詫異地抬頭說：「酖族有這種東西？她們眞是失傳千年的唯道派？」

「這說來話長。」沈洛年懶得解釋酖族和道武門的淵源，只說：「她們讓我找個好人學這上面的東西，妳算好人吧？給妳啦。」

「給……給我？」葉瑋珊吃了一驚說。

「不適合妳嗎？」沈洛年詫異地說：「我以爲發散型的就可以學。」

「當然可以。」葉瑋珊說：「舅媽和奇雅也都可以，你……也讓她們學嗎？」

「問我幹嘛？」沈洛年說：「送妳就妳作主了，妳看得懂嗎？我看不大懂。」

「還好。」葉瑋珊又翻了翻說：「有些比較古澀少見的詞句，要問舅舅，他對古文比較有研究。」

「有人懂就好。」沈洛年說：「我就是要說這事，沒其他事。」

「你沒引炁，又不能練……」葉瑋珊看著沈洛年說：「爲何要取這本書？」

「我是去學和這戒指有關的咒法，」沈洛年說：「她們就順便給我啦，那書裡面也有這門咒術。」

「你只學一種，就順便給你這本書？這書你知道多珍貴嗎？……你到底做了什麼換來的？」葉瑋珊似乎無法理解。

「什麼都沒做，反正就這樣。」沈洛年沒耐性了，跳起往外走。

「等等啦！」葉瑋珊嗔說：「我也有話想問。」

「怎樣？」沈洛年回頭問。

「那個……你和懷眞姊立什麼咒誓啊？」葉瑋珊臉紅撲撲地說。

只要是女人，都愛問這個問題嗎？上次告訴艾露的教訓沈洛年可沒忘，他連忙搖頭說：

「別問，不關妳的事！」

葉瑋珊噗哧一笑說：「還會害臊？」

媽的，沒說也不對？沈洛年一呆，卻見葉瑋珊站起說：「你等一下，我請舅媽和奇雅來。」

「幹嘛要我在？妳跟她們說就好啊。」沈洛年說。

「這樣不好，」葉瑋珊說：「也讓她們跟你道個謝。」

「不用、不用。」沈洛年又想往外走。

葉瑋珊一把拉住沈洛年，有點焦急地嗔說：「你就聽我一次會怎樣啦！」

有這麼嚴重嗎？沈洛年呆了呆說：「我只是嫌麻煩，有差嗎？」

「你……」葉瑋珊紅著臉說：「我不想讓她們以為，你是特別為我帶回來的。」

「唔。」沈洛年微微一愣，看了葉瑋珊一眼，坐回原處了。

片刻之後，白玄藍和奇雅一臉疑惑地走入，葉瑋珊把事情簡略地說了一遍，並把書交給兩人翻看，白玄藍和奇雅吃驚之餘，湊在一起翻看這書，都一臉意外。

過了片刻，奇雅首先坐正，搖搖頭退開說：「我看不懂。」

「我也有點勉強……」白玄藍望著葉瑋珊說：「有些要問妳舅舅。」

「嗯，我也是這樣想。」葉瑋珊點頭。

「道術部分不多，咒術比較多……不過咒術似乎不能全學。」白玄藍說。

「眞的嗎？」奇雅詫異地說。

白玄藍指著書說：「這兒說──『靈分五屬互斥非兼』，大概是這意思。」

「聽不懂。」奇雅眉頭皺起，微微嘟起嘴。

這模樣的奇雅倒是挺好玩的，過去很少見到，沈洛年不禁多看了兩眼。

「可能……意思是某些玄靈分成五種，彼此互斥，不能兼修？」白玄藍笑說：「我看看下面怎麼說……」

不會吧，開始討論了？自己什麼時候才可以走？沈洛年瞪了葉瑋珊兩眼。

葉瑋珊會過意，忍笑說：「舅媽、奇雅……這是洛年帶回來的，我們是不是……」

「啊，眞是糊塗，該先跟洛年道謝。」白玄藍笑說：「洛年，眞是謝謝你這麼費心，眞不知該怎麼謝你？」

奇雅那明亮的目光也望了過來，輕聲說了句：「謝謝。」

「沒什麼。」沈洛年起身說：「只是小事，妳們慢慢討論。」他說完轉身往外，找自己房間休息去了。

三人見沈洛年走得這麼灑脫，都有點意外，白玄藍看著葉瑋珊說：「洛年……知不知道這本書的價值啊？」

「我剛有稍微提到，他好像不大在乎。」葉瑋珊也有點疑惑，歪著頭說。

「那些女巫怎會給他這種東西？他又怎麼知道女巫有這東西？」白玄藍又說。

「他不肯說。」葉瑋珊搖頭。

「眞是女巫給他的嗎？」奇雅突然說。

白玄藍和葉瑋珊一怔，望向奇雅。

「那些女巫，除了防禦法門有點像道術外，沒看她們用過咒術。」奇雅說：「反而洛年手上早就有咒誓之戒了，洛年雖然說他不會，但懷眞一定會。」

「奇雅的意思是……這本書可能其實是胡宗的？洛年是不好意思直說是他送我們的？」白玄藍思考著說：「難道胡宗不是縛妖派，是唯道派？」

「不對啊。」葉瑋珊皺眉說：「洛年已經抓了一隻小妖呢，他是縛妖派沒錯吧？」

「咦？」白玄藍一怔說：「有嗎？在哪兒？」

「不知道。」葉瑋珊說：「他一收妖炁，就感覺不到了。」

白玄藍怔忡良久，突然說：「你們聽過『三天總訣』嗎？」

奇雅和葉瑋珊對看一眼，都搖了搖頭。

「那是一直由總門保管的道武門基礎總訣，道武門的一切都從那開始。」白玄藍說：「不過聽說許久之前就失落了，也有人說，就是因爲沒了總訣，後來縛妖派和唯道派才會失傳，否則總門只要拿出『三天總訣』，這兩派自然能再興。」

怎麼突然提起無關的歷史？葉瑋珊詢問：「爲什麼叫作三天？」

「道武三天……道天、妖天、內天。」白玄藍說：「父親跟我說過，很久以前，其實道武門中只有這三派，並沒有什麼兼修、專修……妖天演變到最後，就是後來失傳的縛妖派，道天則是唯道派，至於內天指的是專修內炁的功夫，也不知道爲什麼式微了；後來唯道派的道咒之術大部分失傳，並和一部分殘存的內天法門結合，才演變成兼修和專修兩派。專修派是把兩派存留的法門保留，分內炁、外炁修煉，等待後人重新開創；兼修則是把兩法融合，創立一個更適用的新法門……已經和當年的『三天總訣』大不相同了。」

奇雅說：「宗長懷疑胡宗有三天總訣？」

「所以懷眞姊和洛年才會修煉之法完全不同？」葉瑋珊也詫異地說。

「我也只是猜測，但就算是……」白玄藍望著葉瑋珊說：「他爲什麼會把這種寶物交給我們？讓我們練？」

葉瑋珊見白玄藍和奇雅都望著自己，不知爲什麼臉龐有點發紅，她有點發急地說：「我不知道啊！」

奇雅見狀，輕咳了一聲說：「也許是希望我們幫他找到姊姊懷真。」

白玄藍也跟著點頭說：「嗯，確實，我們太差勁也不行。」

「對。」葉瑋珊鬆了一口氣，露出笑容說：「一定是這樣。」

白玄藍和奇雅又交換了一個眼神，白玄藍這才沉吟著說：「瑋珊。」

「是？」葉瑋珊一怔。

白玄藍微笑說：「這本書太珍貴，正本要好好保存，我和妳舅舅花點時間，把正本轉錄一次，一面加上註解，其他的事情，我就不干涉了……妳提早接任吧。」

「什麼？」葉瑋珊吃了一驚說：「舅媽……接什麼任？」

「從我住院開始，一直到最近，對外的事務都是由妳處理的，老實說，妳比我處理得好多了，我實在不擅於應付那些事。」白玄藍溫柔一笑說：「妳心底也有數，巧雯退出、奇雅沒興趣管事，白宗遲早是要交給妳的，雖然妳還年輕，但眼前情況特殊，就麻煩妳早點肩負這個責任吧。」

「舅媽……我覺得……」

「這樣我才能專心研究這本書。」白玄藍笑說：「我們早點學會，才能幫上洛年的忙，不是嗎？難道妳來鑽研，我來管事，會比較有效率？」

這話倒是沒錯，要鑽研這本書，一定得拜託國學底子深厚的黃齊，身爲妻子的白玄藍配合研究也才方便，而對外的事務，葉瑋珊雖然不敢自滿，也知道對人太過溫柔客氣的白玄藍，確實不大適合。

兩人本是親人，葉瑋珊想通之後，也不用說什麼客套話，只無奈地點頭說：「我明白了。」

「太好了，等等我就正式宣布。」白玄藍鬆了一口氣笑說：「當初把妳從姊姊、姊夫手裡拐來白宗，我就一直在等這一天了，眞是累死我了。」

「舅媽！」葉瑋珊又好氣又好笑，不甘願地嚷。

「我先回房。」奇雅見沒自己的事，站起往外走。

葉瑋珊跟著站起說：「那我也……」

「等等。」白玄藍輕抓住葉瑋珊的手，拍了拍說：「瑋珊妳坐下。」

「嗯？」葉瑋珊一怔，重新坐下。

「瑋珊，妳知道舅媽不是很會說話，要是說錯了話，妳別生舅媽的氣喔！」白玄藍說。

葉瑋珊有點訝異地說：「舅媽……妳要說什麼？」

白玄藍頓了頓才說：「洛年不會是喜歡妳吧？」

「不可能啦！」葉瑋珊忙搖頭：「他……他有對象了。」

「喔？」白玄藍有點意外地說：「他們一直在說的女巫小露嗎？不像啊。」

「不是啦。」葉瑋珊不想把懷眞的事揭破，嘟起嘴說：「舅媽何必操心這種事？」

「但是我實在想不透，他爲什麼特別照顧白宗？」白玄藍說：「他這人脾氣有點古怪，似乎很不喜歡交朋友、湊熱鬧，這次還可以說是爲了懷眞，上次他爲什麼跑來噩盡島救人？」

「島上見面時，他不是說也爲了擔心懷眞才來？」葉瑋珊說。

「妳這精明的孩子怎麼也糊塗了？懷眞那時根本沒危險啊。」白玄藍說：「她可是能夠抵擋刑天的人呢！在島外圍逛有什麼風險？洛年根本就是爲了我們才深入的。」

葉瑋珊倒沒想到這件事，愣了愣說：「我……倒沒注意到。」其實只要懷眞一出現，賴一心傾慕的神色就十分明顯，葉瑋珊心情難免受到影響，反應也慢了不少。

「而現在要找懷眞，靠總門的力量，比我們可靠多了吧？」白玄藍說：「單是這本書，就足以換得幾萬部隊了，妳要知道，這法門白宗內只有三個發散型能學，若交給兼修派的話，說不定人人都能學啊……洛年選擇和我們合作，我們當然有好處，但他有什麼好處？」

「我沒想這麼多……」葉瑋珊說：「我只是想……我們是朋友，互相幫忙是應該的，不然……他是爲了什麼？」

「就是不明白才問妳啊！」白玄藍說：「一直都是妳和他聯繫的，不是嗎？」

「我眞的不知道。」葉瑋珊心煩意亂，一頓足說：「我去找他問個清楚。」

「別這樣。」白玄藍抓著葉瑋珊，微微一笑，搖頭說：「妳被洛年傳染了啊？這麼沒耐性。」

葉瑋珊臉一紅，停下腳步說：「不是啦！」

「這種事情不能直問，妳放在心底慢慢看吧。」白玄藍微微一笑說：「不管洛年有沒有心上人，那孩子總是在偷瞄妳，這可騙不了人。」

這種事當事人自然最清楚，葉瑋珊臉微微一紅，嗔說：「他只是眼睛不老實而已，男孩子幾乎都這樣啊！」

白玄藍搖搖頭說：「瑪蓮總是怎麼打扮妳也知道，小睿今天也只穿件小背心，她們倆身材樣貌可都不差，但他卻看都不看一眼，舅媽說句老實話，這種男人可不多……別說那幾個船員了，連妳舅舅偶爾都會偷看她倆幾眼，常被我瞪呢！」

葉瑋珊忍不住紅著臉笑出聲來的同時，卻也不禁迷惑起來，沈洛年明明和懷眞是一對，爲何老望著自己？如果說只是喜歡眼睛佔便宜，爲什麼又不看別人？葉瑋珊怎麼想都想不出原因，只覺得整張臉越來越燙，心情越來越亂，一時也不知道應該高興還是生氣，一轉念，突然想起賴一心，他的目光，爲什麼總不在自己身上停留？……葉瑋珊心中一痛，輕咬著唇，眼眶漸漸紅了起來。

白玄藍看著葉瑋珊長大，自然知道她難過什麼，她輕嘆一口氣，摸摸葉瑋珊的頭髮，不再多說了。

□

當晚，從飯店叫來了豐盛的菜餚，以自助餐的形式在後甲板平台舉辦了一個小宴會，一方面替沈洛年接風，另外也算是出征噩盡島之前最後一次的大型饗宴，當然，白玄藍也趁著這個時候公布了宗長職務交接的事，於是又加上了慶祝葉瑋珊就任這件喜事。

眾人訝異之餘，卻也不知該不該恭喜葉瑋珊，畢竟大家都沒大沒小習慣了，當上宗長，也不代表多了什麼權威，反而負擔了不少責任，雖然葉瑋珊這陣子早已默默承擔起這一切，但正式任命交接，感覺還是頗有不同。

白宗一切從簡，接任的過程並沒有什麼特殊的儀式，只不過在眾人見證下，白玄藍將代表白宗宗門傳承的印信、古匕，正式交給葉瑋珊，並要眾人依門規誓詞向新任宗長致意，儀式就算結束，從此白玄藍不稱宗長，改叫藍姊；至於葉瑋珊，大家反正平輩，一時也改不過來，加上她本人也還不習慣，於是大夥兒還是都叫她名字，說好等以後另收門徒時，再來講究規矩，眾人當下一面笑鬧，一面開始大吃大喝。

黃宗儒、張志文、侯添良、吳配睿過去本就常鬧在一起，現在連瑪蓮也湊了進去，五個人嘻嘻哈哈地好不熱鬧，奇雅、賴一心、沈洛年則在不遠不近處坐著，含笑聽著五人的對話。

白玄藍、黃齊、葉瑋珊三人正在另外一角，安靜地討論著道咒總綱的事情，似乎在研究怎麼抄錄註釋比較方便，三個船員也聚在另外一角，正跟著吃喝。

突然間，沈洛年站起往外看，望著通向碼頭的大道，一面遠遠地給了葉瑋珊一個眼神。

葉瑋珊一怔，對白玄藍、黃齊說了幾句話，起身向著沈洛年走來，一面低聲說：「怎麼了？」

「有一群道武門的人來了。」沈洛年望著正駛近的三台車說。

「大概是總門那邊……」葉瑋珊說：「可能希望我們配合。」

「配合什麼？」沈洛年說。

「他們現在似乎不希望有人上島，不過沒說原因，所以我們也沒理會。」葉瑋珊說：「既然特別跑來，應該會說清楚。」

「反正讓妳應付。」沈洛年說。

「嗯……」葉瑋珊沉吟了一下說：「若我望著你嘆氣，你就假裝生氣走開。」

又要我演戲？沈洛年一怔，瞄了葉瑋珊一眼說：「我忘記或沒注意到的話別怪我。」

「別忘記啦！」葉瑋珊嗔說。

「看運氣吧。」沈洛年不保證。

這時眾人也都注意到了，紛紛轉頭，看著汽車停下，幾個穿著軍服的年輕人下車之後散在兩旁，當中走出兩個熟面孔，前面那人，正是上次開會代表總門發言的「日部」部長呂緣海，他身後緊跟著當時負責介紹插嘴的英俊年輕人，他正拿著那本手冊，恭敬地跟在呂緣海身後。

兩人下了車，大步向著遊艇走來，葉瑋珊已經迎上前去，站在甲板和碼頭連接的位置上，微微一禮，揚聲說：「呂部長、周祕書，這麼巧？」

「葉小姐。」有點微胖的呂緣海站在碼頭末端，呵呵笑說：「好久不見，聽說白宗諸位都大好了？一直沒來拜候白宗宗長，眞是失禮。」

「托福，大家都沒事了。」葉瑋珊微笑說：「呂部長太客氣了。」

「方便的話，可否請白宗長和胡宗沈先生，一起談談？」呂緣海目光掃向一旁的沈洛年。

「請上來吧。」葉瑋珊說：「晚輩不才，今晚剛接任宗長職務，希望不會讓部長失望。」

呂緣海微微一怔，隨即擠滿笑容恭賀，這才踏步上了船頭，在葉瑋珊指引下，四人到了第二層的客廳，分在兩方坐下。

上次沈洛年可是破口大罵之後離開的，這次自然也不用裝什麼好臉色，他就這麼跟在葉瑋珊身旁，連招呼也不想打。

不過呂緣海倒是能屈能伸，他看著沈洛年呵呵一笑，主動說：「沈小兄弟，好久不見啊。」

沈洛年雖孤僻，還不至於蠻橫，對方既然以禮相待，他也就微微點頭，冷淡地說：「你好。」

「上次雖然不歡而散，但純粹是出於誤會，而且小兄弟說的話十分有道理，我們大夥兒後來都好好地檢討了一番，在思想、行爲上做了大幅度的調整。」呂緣海笑說：「相信以後一定能彼此理解，建立堅固、妥善、完美的合作關係。」

媽啦！這傢伙上次沒這麼囉唆吧？沈洛年雞皮疙瘩冒了出來，只瞪著眼睛望葉瑋珊，不知該如何應付。

葉瑋珊這個月可聽多了這種話，她笑著瞄了沈洛年一眼，這才對呂緣海笑說：「呂部長太客氣了，洛年後來也很後悔，不過他覺得自己不會說話、多說多錯，乾脆少開口，還請不要見怪。」

「不會、不會。」呂緣海看這狀況，沈洛年和白宗似乎是非綁在一起不可了，他微笑說：「沈小兄弟喜歡別人有話直說，那呂某也不拐彎抹角了，諸位一定已經聽過潛上噩盡島的反對組織『共生聯盟』吧？」

「當然。」葉瑋珊點頭說：「不知呂部長有什麼新消息？」

「那組織共有千餘人，與總門相較，確實不多，但卻比一般宗派多得多。」呂緣海沉聲說：「諸位雖不是普通宗派，但畢竟只有十餘人，若兩方遭遇，難免寡不敵眾，倘有損失，那就太可惜了。」

「呂部長有什麼好建議嗎？」葉瑋珊微笑說：「晚輩洗耳恭聽。」

「不敢。」呂緣海說：「再過一段時間，總門大隊也將考慮派兵上噩盡島，如果諸位到時能配合我方一起上岸，相信不但能發揮彼此的長才，還可保安全無虞。」

按照葉瑋珊原來的估計，總門該等到第二波上岸吃虧之後，才會再想到沈洛年，但因「共生聯盟」來湊熱鬧，造成不小的威脅，迫使總門來求助，這麼一來，若隨著總門部隊出動，等於又被纏住了，可是又不容易找理由拒絕。

但葉瑋珊卻不明白，「共生聯盟」也才千餘人，怎會讓總門感受到威脅？就算沒有沈洛年幫忙，只要不理他們，那千餘人又能如何？

想到這兒，葉瑋珊沉吟著說：「呂部長，『共生聯盟』的人，莫非已經和某些妖怪聯合了？」

呂緣海一怔，露出笑容呵呵說：「這也不是沒有可能，畢竟他們很想和妖怪結交啊。」

這老滑頭口風挺緊……葉瑋珊目光一轉，笑說：「我明白了，呂部長眞是熱心，還特別跑這一趟。」

「這麼說葉宗長是同意了？」呂緣海回頭笑說：「周光，跟葉宗長報告一下計畫。」

原來那英俊年輕人叫周光，他臉上帶著笑容，往前一步說：「葉宗長、沈先生，既然準備一起行動，遊艇速度太慢，就不大適合了，而且『共聯』一黨說不定會來暗算沈先生，我們建議諸位移駕珍珠港，到時候和我們的船艦一起出發。」

葉瑋珊一笑說：「不怕諸位見笑，我這宗長，還是今天才當上的，總不好妄做決定，何況洛年……也還沒表達他的看法，是不是可以讓我們商量一段時間，再做決定呢？」說到沈洛年的時候，葉瑋珊望著他輕嘆了一口氣。

嗄？翻臉的暗號來了？這一下子沈洛年還不知該怎麼翻臉，他呆了呆還沒開口，呂緣海已經說：「當然不是問題，我們可以在這兒等待諸位的決定。」

不過翻臉沈洛年畢竟在行，停了兩秒已經想妥，當下搖頭站起說：「抱歉，我不想和你們配合。肚子餓了，吃東西去。」轉身就往後甲板走去。

呂緣海一怔，不禁微微變臉，葉瑋珊忙低聲說：「呂部長別生氣，我剛不就說了嗎？還得和洛年談談，他這人雖然脾氣大，但花點工夫，還是可以商量的。」

呂緣海一怔，呵呵笑說：「葉宗長和沈先生，一定是難得的好朋友？」

這老頭想到哪兒去了？葉瑋珊臉微微一紅，又不好板個臉抗議，只好勉強一笑說：「我們大家都是同學，認識很久了。」

「原來如此。」呂緣海沉吟片刻說：「所以葉宗長的意思是……」

「諸位請先離開。」葉瑋珊說：「否則洛年看到一群人守著，火氣又會冒上來，我也不用和他說了。」

「那就只好等候葉宗長通知了。」呂緣海看了周光一眼。

周光馬上躬身往前，遞過一張名片，露出笑容說：「葉宗長，隨時可以打電話來，我們會派部隊迎接。」

「我知道了。」葉瑋珊接過笑說。

「葉宗長，」呂緣海站起身說：「我有一句話說，還請別見怪。」

「不敢當，呂部長請說。」葉瑋珊說。

「若沈先生不願意與我們合作，也請別上噩盡島，周圍軍艦不會放行。」呂緣海微笑說：「雖然出海滅妖是各宗派的權力，但沈先生若被敵所擒，甚至爲敵所用，造成影響太大，我們只好婉拒諸位的協助……如果沈先生硬要上島，可能會被周圍部隊誤認爲與『共生聯盟』有關，那時恐怕彼此多有不便。」

葉瑋珊微微一怔，心中暗驚，果然薑是老的辣，總門不阻止其他宗派，只用這理由封鎖沈洛年上島，可就難以應付，一來不能用輿論應對；二來若硬是把船開過去，說不定還沒到，就有軍艦用飛彈伺候，那可眞是自找麻煩。

一面送走呂緣海等人，葉瑋珊心中一面暗罵，那群「共生聯盟」的不知搞了什麼花樣，逼得總門如臨大敵，不然也不會這麼擔心沈洛年變成對方戰力……這下該如何是好？

看到葉瑋珊嘟著小嘴回來，沈洛年望了望她上了護唇膏的粉唇幾秒，這才咬著塊烤牛肉問：「怎樣？」

「有點討厭。」葉瑋珊白了沈洛年一眼說：「都怪你不肯早點回來！……過來一起商量。」她一面往白玄藍那兒走，一面對奇雅和賴一心分別示意，讓兩人也跟過去。

怎麼又怪到自己頭上了？沈洛年用力嚼了幾口，把牛肉吞了下去，這才慢慢走近。

葉瑋珊走到白玄藍、黃齊面前，等眾人到齊，把剛剛的對話重點簡略重述，一面說：「大家覺得呢？」

「聽起來……他們很怕洛年被抓走。」白玄藍看了沈洛年一眼說：「若跟著部隊上島，恐怕不容易溜走。」

「而且若是跟著部隊，有些東西不方便帶上去。」葉瑋珊微微皺眉說。

「我倒忘了那東西……」白玄藍看著賴一心說：「你要多考慮清楚。」

「沒問題的。」賴一心笑著點了點頭。

莫非他們說的是妖質？沈洛年心想，葉瑋珊確實曾說過要從台灣運來，大概已經想辦法運到，正打算帶到島上試驗，畢竟島上才有足夠的外炁將妖質迫入體內……

「我猜測『共生聯盟』和某種群聚型妖怪合作了，說不定就是牛頭人。」葉瑋珊沉吟說：「如果這樣的話，確實對總門來說會是大威脅，不過這幾天沒有新消息，沒法判斷。」

「牛頭人？」賴一心說：「牛頭人也是我們的朋友啊。」

「語言不通，說不定他們連我們長相都分不清楚。」葉瑋珊嗔說：「你分得清楚那些牛臉誰是誰嗎？」

「唔……」賴一心微微一呆，說不出話來。

「先解決上島的問題。」葉瑋珊說：「我們一開始未必要太深入，該不會和他們起衝突，但該怎麼穿過艦群……？」

「洛年要是不在船上，我們就可以過了？」奇雅突然說。

葉瑋珊目光一亮說：「船上找個地方把洛年藏起來？」

「不妥。」黃齊說：「對方一定會檢查得很仔細。」

「也就是說，我若能躲起來就好了？」沈洛年問。

「對啊，」葉瑋珊回頭說：「他們只怕你被捉，才不擔心我們。」

「也許可以試試這辦法……」沈洛年突然自語說。

「什麼辦法？」葉瑋珊問。

沈洛年說：「再靠近噩盡島一點，也許我就能飛得起來。」

這段時間沈洛年不斷使用影蠱，也不知道是不是原息確實很營養，影蠱妖炁的成長幅度十分明顯，不過增益到一個階段後，進步的速度也就平緩下來，也許因爲影蠱本身先天不足，有其限制，沈洛年也不大清楚，但就算如此，妖炁確實漸漸勉可托起沈洛年，這樣看來，到噩盡島附近後，飛行應該不是大問題。

但眾人卻都有點意外，詫異地看著沈洛年說：「怎麼飛？」

「就飛啊。」沈洛年說：「你們不也常帶著我飛？」

「雖然是飛，但我們飛行不能飛太遠，也不能飛太高，更不可能渡海。」白玄藍微笑說：「這種飛法，怎能躲過軍艦的監視？」

「是嗎？爲什麼？」沈洛年搞不大懂。

葉瑋珊耐著性子解釋說：「外散型的炁息，平常凝聚在體表，使用時凝聚在匕端往外散，那是一波波的擴散力量，這樣持續使用，心志是會疲乏的，周身外炁也要找機會整理調勻，所以隔一段時間要落地一下，有點像游泳換氣的感覺，每個人能持續的時間和距離不同，但基本上，爲了安全，不會飛得太高或太遠，免得出意外，更沒法跨越海面……否則我帶你飛進去不就好了？」說到最後，葉瑋珊忍不住白了沈洛年一眼。

「所以你們才都一蹦一蹦地飛？」沈洛年又問了一句，見白玄藍、葉瑋珊、奇雅都點了點頭，他才說：「但是我的妖怪不是這種用法。」

「你的妖怪是怎樣呢？」白玄藍笑說：「只聽他們提過，還沒見識過呢！」

給他們知道自己養蟲，說不定會嚇到人，而且糞金龜有什麼好看的？放出來到時被人嘲笑，沈洛年乾笑說：「很小，沒什麼好看。」一面把妖炁放了出來，試著托起自己，但影蠱還有點不夠力，那淡淡的妖炁只勉強讓沈洛年飄浮一下，又落到地面。

在他身上確實有妖炁散發……白玄藍和黃齊驚訝地對視一眼，但這樣的妖炁也實在太弱了吧，連融合妖都頗有不如，爲什麼不抓強一點的？

沈洛年這時解釋：「我的妖，不是內聚也不是外散，妖炁是直接從內往外發，沒有內外之別，所以使用妖炁的時候不需要中斷。」

「眞有這種妖？」葉瑋珊說。

「有啊，這兒就一隻。」沈洛年瞪眼說。

「確實有。」白玄藍微笑點頭說：「會長途飛行的妖，都是這樣的，內外不分，和我們人類不同，不過這種聽說很少。」

「眞的有啊，舅媽？」葉瑋珊詫異地說。

「我和齊哥，還有巧雯……我們三人以前曾碰過一次這種妖。」白玄藍提起劉巧雯，輕嘆了一口氣，停了幾秒才接著說：「那種妖怪飛行不落地，當初追了好久呢！」

沈洛年也突然想起，懷眞似乎也是這種妖，妖炁……或者該說仙炁，並沒有分裡外區別，所以她平常才能到處亂飛，甚至飛來這兒看戲？

「好吧，就算你會飛。」葉瑋珊回頭對沈洛年說：「這麼弱的妖炁，能持續多久？」

沈洛年搖頭說：「持續力倒沒有什麼問題。」只要不斷餵食原息，自然能不斷轉化成妖炁，這方面不用擔心，沈洛年別的沒有，渾沌原息還算挺豐厚。

「持續力沒問題？」葉瑋珊又聽不懂了。

「不行。」奇雅突然說。

「怎麼不行？」賴一心詫異地問：「這辦法很棒啊。」

「只飛幾公里不夠。」奇雅說：「會被看到。」

「那提早飛呢？」賴一心說。

「提早飛不起來。」奇雅說。

「呃……」眾人都愣住了，奇雅說得沒錯，沈洛年如果接近了對方船艦才往天上飛，海面上一覽無遺，太容易被發現，如果提早想飛，遠處又因道息不足、妖炁不夠，想飛也飛不起來。

「我還是去船艙看看有沒有地方可以藏人。」葉瑋珊嘆氣說。

「等等，差點忘了這招。」沈洛年突然從身後拿出皮夾，交給賴一心說：「一心，幫我拿一下。」

「洛年要做什麼？」賴一心接過，詫異地說。

「我怕摔進海裡弄濕了，對了，要是我摔太慘，你們幫忙接一下。」沈洛年說。

「什麼啊？」葉瑋珊迷惑地問。

「看就知道了。」沈洛年說完，看看四面沒人，突然往上飄起，在眾人詫異的目光下，沈洛年飄飛的速度突然加快，就這麼拔空而起，往天空衝了出去。

「啊？」每個人都叫了起來。

這下連在那邊笑鬧的五人都注意到了，紛紛衝了過來，瑪蓮首先大驚小怪地問：「怎麼回事？洛年幹什麼了？」

「那眞是洛年嗎？」侯添良張大嘴叫。

「他連飛都會喔？」張志文羨慕地說。

「好高耶。」吳配睿仰頭看著星空說：「看不清楚了。」

「什麼炁都沒有，他怎麼上去的？」黃宗儒詫異地說。

這其實正是每個人心中的疑惑，但誰也不知道答案。

ISLAND
重點不是這個！

卻是沈洛年突然想起，一直想問懷眞卻又沒有問的那個古怪法門——以心念控制的奇怪輕重感。

當時心念一動，便古怪地拔起，一轉念又摔了下來，害得沈洛年從此不敢再試，但這兒周圍是海，又有好幾個外散型的高手在此，大概也摔不死，而如果可以順利上浮的話，加上一點點妖炁推動，應該就可以控制方向了。

果然這次一測試，就又像上次一樣往上飄，沈洛年心念一動，讓影蠱也跟著施放妖炁推動，怎知這麼一搞，身體突然加速，快速往上拔，彷彿砲彈一樣地往空中射了出去。

這怎麼回事？沈洛年大吃一驚，連忙以妖炁阻擋下推，但這麼一來，卻好像被人用蒼蠅拍在空中巴了一下，身體又失控般往下摔，沈洛年馬上控制著妖炁浮起，這一下又突然往上撞。

這樣不是辦法，妖炁似乎出了問題，沈洛年眼看越飛越高，一驚下心念往下沉，身子陡然變重，往下摔去。

這也不對啊……沈洛年連忙用妖炁托體，但這時又托不起來了，眼看著這樣下去得摔到船上，沈洛年吃了一驚，連忙再度將心念上提變輕，跟著又像砲彈一樣地飆了出去，不過這次他記得稍微往旁施力，且先離開遊艇範圍再說，要摔也得摔到海裡。

下方眾人只見沈洛年忽高忽低、忽快忽慢地上下亂閃，過了好片刻才終於在空中凝止下來，每個人都詫異地看著沈洛年，不知道他在搞什麼花樣？

沈洛年也不知道這是怎麼回事，無論是上浮還是下沉，妖炁作用的感覺和平常感覺完全不同，上浮時，妖炁明明並沒有提升，但稍微施力，自己就被撞飛老遠；下沉時則顛倒過來，平常可以推動的力量，卻突然推之不動，所以才這麼亂飛了一陣子，沈洛年當下只好心神集中、提高注意力，讓時間流速減慢，這才終於在短時間內，微調出足以穩定的力道。

這麼說來，這古怪的輕重能力，似乎也有程度的不同，莫非也可以微調？沈洛年將時間控制能力開啓，在流速緩慢的狀態下，緩緩控制心中的輕重需求，這才慢慢微調出輕重感平衡的方式……此時沈洛年身體輕飄飄彷彿無重，這樣一來，無論上浮下落、前後左右，都只需要一點點妖炁就可以辦到。

也因爲使用的妖炁很少，稍微隔了段距離，其他人就難以察覺。

這樣應該可以了吧？沈洛年挺開心的，過去只能上下飄，加上妖炁之後，總算可以自由飛行了！耶？自己直接飛上噩盡島不是挺好嗎？

「洛年！」

沈洛年低下頭，卻見葉瑋珊正焦急地揮手，他有點意外，微微施力往下，倏然飄落，落地瞬間妖炁裹凝，突然靜止在甲板之上。

「別飛了，被看到就沒用了。」葉瑋珊低聲說了句，跟著轉頭看看正驚訝望著這兒的船員說：「我去交代一下，別走漏風聲了。」

「洛年！」瑪蓮衝了過來，興奮地一掌揮向沈洛年肩頭說：「怎麼辦到的？」

沈洛年正想著該如何解釋，沒想到這一掌打來，他身體完全無法控制，就這麼直飛船外，遠遠衝了出去。

這力量也沒多大不是嗎？怎麼飛出去了？沈洛年在空中呆了呆，卻見自己已經飄出了好一段距離，正緩緩地往海面飄降，他連忙以妖炁托起自己，再度往船上飄去。

至於船上，第二個奔過來的吳配睿，正張大嘴說：「瑪蓮姊？妳……幹嘛打洛年？」

「瑪蓮？」奇雅也詫異地叫。

「瑪蓮姊妳好狠啊！」侯添良奔到船旁，看著遠遠飄出去的沈洛年，兩手放在嘴邊，當成擴音器一般地叫：「洛年——你還活著嗎？」

「靠！」瑪蓮也正呆看著自己手，吃驚地說：「我沒很大力啊，只輕輕拍一下。」

這時沈洛年正緩緩飄回，一面說：「不關瑪蓮的事情。」

「對吧，不關我的事啦！」瑪蓮吃驚地說：「洛年你怪怪的。」

「我隱隱感覺到有股情愛糾葛的味道？」張志文咳了一聲說：「洛年曾經對不起瑪蓮阿姊

嗎？阿姊趁亂報復？」

「去你的臭蚊子，胡扯！」瑪蓮哈哈笑了起來。

「現在應該不會了。」沈洛年剛剛才搞懂，原來不是妖炁突然變強，而是在那種狀態下身體似乎有點古怪，定不住，這次沈洛年落地就把狀態解除，當下身體立即穩了下來。

「不會了嗎？」瑪蓮用一根手指，忐忑地輕推沈洛年肩頭說：「剛剛是怎樣？」

沈洛年忍不住好笑地說：「沒事了，別戳。」

瑪蓮一頭霧水，又輕拍了沈洛年肩頭好幾下，接著越拍越用力，似乎想搞清楚剛剛是怎麼回事。

「欸……瑪蓮！」沈洛年不禁瞪眼說：「會痛耶！」

「呃！」瑪蓮尷尬地縮手說：「你好古怪喔！」

「洛年你會飛啊？不用炁息就能飛？」吳配睿湊了過來，兩個小拳頭握在胸前，一臉興奮地說：「教我！教我！教我！」

「我也要！」「我也要！」張志文、侯添良趕忙跟著報名。

「阿姊要第一個學！」瑪蓮跟著喊，內聚型的不能飛，他們一直十分羨慕能飛的發散型。

「這沒法教的。」沈洛年搖頭。

四人不免都有點失望，張志文和侯添良兩人對望一眼，閉上嘴沒說話，卻是上次用言語激了沈洛年一下，沈洛年馬上翻臉，兩人這次可不想自討沒趣，不敢再多說。

但吳配睿和瑪蓮可沒受過教訓，吳配睿馬上一連串喊：「爲什麼？爲什麼？爲什麼？爲什麼？」

「妳吵死了，說一遍就好。」沈洛年瞪了吳配睿一眼。

吳配睿漸漸了解沈洛年個性，現在倒不會太害怕，只又好笑又好氣地白了沈洛年一眼，氣呼呼地說：「討厭啦！凶巴巴！臭洛年！壞心腸！木板臉！」

什麼木板臉？沈洛年不禁瞪眼，這小丫頭膽子越來越大了。

「洛年，別藏私啦……」瑪蓮用手肘揉推著沈洛年側腹，嘿嘿笑說：「只跟阿姊說就好啦。」

這瑪蓮實在是……沈洛年正微微皺眉，奇雅已經沉著臉拉開瑪蓮說：「洛年說沒法教，又不是不肯教，什麼藏私？」

瑪蓮沒想到奇雅突然不高興，不禁有點意外，她隨著奇雅走開兩步，繞到後方抱著奇雅肩膀，湊在耳邊低聲說：「幹嘛生氣？」

奇雅別開頭，望著海低聲說：「我聽不舒服。」

「喔……？」瑪蓮看看奇雅，又看看沈洛年，不大明白發生了什麼事，眼睛轉了轉，倒眞的閉上嘴了。

一向少說話的奇雅，怎麼突然冒出來幫沈洛年說話？侯添良等人你看看我，我看看你，誰也不敢吭聲。

在這一夥人中，也許最難伺候、脾氣最大、說話最難聽的是沈洛年，但大家也知道，沈洛年雖然容易生氣，通常說過就算，也不用太擔心，若把他說的難聽話當笑話聽，有時還挺好玩……而眞正最沒人敢惹的，其實是冷冰冰的奇雅，奇雅這麼板著臉開口，這些平常挺調皮的人，每個都安靜下來。

所以張志文雖然心中實在很想說些「我聞到情愛糾葛味道」之類的話，但還是很辛苦地閉著嘴巴、瞪著眼睛，忍著不敢吭聲。

「怎麼都靜下來了？」白玄藍笑著走近說：「洛年又有新花樣了？」

「藍姊！」瑪蓮奔了過去告狀：「奇雅凶我。」

白玄藍有點意外，搖頭笑說：「怎麼可能？」她望向奇雅，卻見奇雅在那兒翻白眼。

「眞的啊！」瑪蓮嘻嘻笑說：「奇雅好像和洛年比較好，我好吃醋。」

奇雅哂然搖搖頭說：「胡鬧。」轉身去拿食物了。

「你們也別總纏著洛年。」白玄藍對眾人笑說：「洛年修煉之法和我們不同，不是什麼都可以教你們，我和奇雅想法一樣，洛年不會藏私的。」

連白玄藍都這麼說，當下誰也不敢吭聲，侯添良和張志文等人吐吐舌頭，散去吃東西，吳配睿卻還不肯走，在旁扭扭捏捏的，想說話又不敢。

白玄藍見狀，搖搖頭笑著轉身離開，吳配睿這才湊近沈洛年說：「不能學沒關係，可以跟我說怎麼回事嗎？我好好奇喔。」

「不跟妳說。」沈洛年搖頭。

「爲什麼？」吳配睿嘟嘴叫。

「因爲妳剛罵我。」沈洛年望著吳配睿說：「什麼叫木板臉？」

「還說自己記憶力不好，記這麼清楚。」吳配睿咬著下唇，忍笑低聲說：「對不起嘛，誰教你老板著臉……」

「現在對不起來不及了。」沈洛年哼聲說。

「啊！怎麼這樣啦！」吳配睿跳腳說。

「其實我懶得說啦！」沈洛年推了吳配睿小腦袋一把，也去找東西吃了。

吳配睿一個人被留在那兒，她忍不住在身後遠遠地叫：「臭洛年！壞蛋！」

□

第二天，在東方晨曦初起的時候，白宗租用的遊艇離開了碼頭，以二十五節的速度繞出夏威夷群島，緩緩向著東方駛去。

遊艇的速度自然不能和快艇、軍艦相提並論，更別提直升機，噩盡島離檀香山近千公里，以直升機來回只要幾小時，遊艇可得花上整整一天，眾人直到第三天早上、再一次見到日出時，才遠遠看見圍在噩盡島外海的各國軍艦。

兩方一陣無線電對話，不久之後，一艘巡航快艇行駛過來，白宗眾人已有了心理準備，倒也擺出一副歡迎光臨的樣子，等著對方上船。

等船隻到了近處，葉瑋珊看到來人，不禁有點意外，領著總門部隊的人，居然是祕書周光，一日前自己打電話給他時，他明明還在檀香山，難道就爲了這件事特地搭直升機趕到前面攔路？

周光領著幾個士兵上船，一面對葉瑋珊微笑說：「葉宗長，昨日您電話一來，可眞是嚇了我一大跳呢！馬上拜託呂部長讓我來這一趟。」

長得漂亮佔便宜，可不只是女人的專利，周光人生得帥氣、舉止溫文有禮、說話客氣，也頗得人喜愛，瑪蓮、吳配睿這時都擠在一旁偷看帥哥，葉瑋珊雖然心有所屬，又對總門沒什麼好感，對周光倒也不討厭，於是客氣地說：「周祕書爲什麼要特別趕來？」

「當然是放心不下啊！」周光望著葉瑋珊眼睛，微笑說。

這人沒事眼睛放什麼電？葉瑋珊臉龐微紅，有點意外地皺眉說：「周祕書，別開玩笑了。」

「葉宗長，我得先告罪了。」周光輕嘆一口氣說：「職責所在，可以讓他們到處看看嗎？大家都各有難處，可千萬別見怪啊！」

「哪裡……」葉瑋珊輕笑說：「白宗不識抬舉，任性而爲，當然不受信任。」

「千萬別這麼說。」周光凝視著葉瑋珊說：「我們絕對相信諸位，但是沈先生能力牽連重大，不能容許有任何被俘虜的可能性。」

「我明白。」葉瑋珊剛也只是故作姿態，說到這兒，她大方地說：「諸位別客氣，找仔細一點，免得有什麼地方看漏了，又得重來一次。」

周光回頭打了個眼色，幾名士兵當即拿著各種儀器往下搜，葉瑋珊看在眼裡，心中暗驚，對方果然不打算只用眼睛找，若當時眞把沈洛年藏在什麼隱蔽處，恐怕難免被搜出來。

「我相信一定找不到沈先生的。」周光笑著說：「只不過昨日接到電話後，整個檀香山到處翻遍了也沒有沈先生的蹤跡，我除了關心瑋珊小姐心情之外，也想問問，沈先生人生地不熟，又不擅美語，瑋珊小姐對於沈先生的去向，有沒有一點估計呢？」

「那人脾氣古怪，很難推測的。」葉瑋珊搖頭說：「說不定自己想辦法上島去了呢？」

「這怎麼可能？」周光說：「不可能有船隻能無聲無息地通過外圍艦隊啊！」

「胡宗宗主懷眞小姐，不就辦到了嗎？」葉瑋珊說。

當初懷眞上島之謎確實還沒解開，周光一怔，倒也不敢把話說死。想了想，周光目光一轉，嘆了一口氣說：「沈先生就這麼負氣離開，也未免太無情了，再怎麼樣也不能怪到瑋珊小姐身上，我可眞是替妳抱屈。」

這是什麼話？葉瑋珊一怔後才突然想起，對方以爲自己和沈洛年是一對；這種話可不能讓其他人聽到，尤其是賴一心……葉瑋珊眼睛往旁瞄了瞄，發現吳配睿和瑪蓮在不遠處偷看，她不禁心中發急，當下沉著臉說：「周先生難道沒有別的話想說嗎？」

周光沒想到葉瑋珊反應出乎意外，他看了葉瑋珊幾眼，輕咳了一聲說：「我還要轉達一下呂部長的意思。」

「請說。」葉瑋珊說。

「總門的意思是，請諸位還是暫且打消上島的想法。」周光露出陽光般的笑容說：「噩盡島已經不是一個月前的模樣，上去十分危險。」

「如果怕危險的話，大家都早該回家了，不是嗎？」葉瑋珊笑說。

「這……」周光沉吟了一下，壓低聲音說：「我本不該說的，其實是這樣……島上道息濃度似乎又有提升，出現的妖怪更多，那些各自生活的妖怪且不提，另有兩群強大妖怪，在島上各處展開大戰，這時正好坐山觀虎鬥；貿然上島，反而會受到兩面攻擊，十分危險。」

這消息倒不能等閒視之，葉瑋珊沉吟著說：「哪種妖怪？」

「兩種諸位都見過。」周光說：「正是長齒妖和牛頭人，衛星照片不能完全確定數量，但可以確定牛頭人至少數千，長齒妖則已經出現數萬人，兩方現正在島外圍三分之一的地方打個不休，牛頭人被逼到海邊，藉海水防守，諸位一上岸，可能正好碰上，太危險了。」

牛頭人雖然凶猛，但個性和善單純，未必不能溝通……葉瑋珊想了想，突然說：「那麼『共生聯盟』呢？被這兩方一擠，豈不是死光了？」

「瑋珊小姐果然冰雪聰明、思慮細密。」周光讚賞地笑說：「共生聯盟和牛頭人已經聯手，正一起對付長齒妖，我們兩方都不該協助，所以等他們戰鬥出了結果，再上去收拾殘局才是聰明的舉動，瑋珊小姐一定懂得這個道理。」

周光這些話確實有道理，這時上島可說弊大於利，但一來等那兩群妖怪打完，可不知道還要等多久，懷眞已經陷在島中一個月，總不能讓她一直等下去；二來若不上島，也沒法測試吸收妖質的法門，最重要的是──沈洛年這時恐怕已經到島上了，難道不管他？這時不管有沒有道理，都得上島。

葉瑋珊心中發急，臉上卻還是帶著笑容，反正這時只能強辯，她目光一轉：「不對！道息濃度只會越來越高，妖怪數量也會越來越多，這樣下去，恐怕會越來越難以剿滅，我們該在妖怪還不夠多的時候，先佔住進可攻、退可守的地利據點，才能討論要不要先坐山觀虎鬥……否則若任一方獲勝，哪還有機會上島？」

周光沒想到葉瑋珊冒出一個新理論，他想想皺眉說：「若妖怪越來越多，島上空間有限，正好讓他們自相殘殺，不是嗎？」

「萬一噩盡島還會變大呢？」葉瑋珊說：「到時候可就來不及了，當初全球道武門人集中在檀香山，不就是想先下手爲強嗎？」

「噩盡島還會變大？」周光一愣說：「瑋珊小姐這個說法也實在……」

「當初不也只是方圓五公里不到的小島嗎？有人知道會變這麼大嗎？也許妖怪們有特殊的法門拓展土地，誰也不清楚……」葉瑋珊心念急轉，一面口中胡謅說：「這些妖怪不除，等島上擠不下之後，說不定像上次一樣，長寬又各大個二十倍，噩盡島變成噩盡大陸，被擠開的海水沒處跑，說不定海平面會上升個幾公尺呢，到時天津消失，北京自己就能當海港了。」

周光一呆，這件事情倒不能當成笑話來聽，而且葉瑋珊雖然是胡亂推測，但問題是從聚集道息的那一刻開始，噩盡島發生的事情也從沒人能準確估計……若噩盡島又大個二十倍，那等於半個澳洲了，到時怎麼除妖？這可不是開玩笑的……

周光想了想，正色說：「瑋珊小姐這個想法大有見地，是否可以暫緩這次的行動，和總門再多作一番討論？以瑋珊小姐的聰敏和嶄新的看法，我相信總門一定會非常倚重您的意見。」

亂說也行？葉瑋珊暗暗好笑，表面上卻搖頭嘆了一口氣說：「不用了，白宗人微言輕，去了反而惹人白眼，就算白宗在島上犧牲了，對整個道武門來說也是不痛不癢，周祕書也不用在意。」

周光還想再說，葉瑋珊已經微笑說：「這幾位大哥似乎已經逛夠了？這遊艇太小，不適合招待諸位，周祕書，謝謝您的建議。」

周光微微一愣，見周圍的士兵都已經退出船艙，每個人都對著自己搖頭，果然是什麼都沒找到，對方已下了逐客令，此時沒理由拖延，周光只好說：「葉宗長還請三思啊！」

「如果能在島上守住一個據點，日後總門上岸，我們會全力支援的。」葉瑋珊微笑說：

「周祕書，再會了。」

周光無話可說，只好退出遊艇，看著遊艇繼續往噩盡島的方位行駛，隔了數分鐘後，他才回過神來，把葉瑋珊的推測和搜索的結果往總門回報過去。

葉瑋珊一等周光下船，連忙躲入船艙二層，掩著嘴偷笑，周光要是再多待一會兒，她說不定就掰不下去了……葉瑋珊過去可從沒這樣胡扯，不只是一面說一面心虛，看著周光一臉認眞地細聽，還得忍住別笑出來，這可眞是煎熬。

「瑋珊姊，怎麼啦？」吳配睿詫異地跟了下來。

「沒什麼。」葉瑋珊搖了搖頭，讓心情恢復平靜。

「那位大哥好帥喔，如果我被他這樣凝視，恐怕也會心跳個不停喔！」吳配睿笑說：「瑋珊姊，妳剛是在害羞嗎？」

葉瑋珊一怔，忍不住白了吳配睿一眼，啐聲說：「我才不是……下次讓妳去應付他吧！」

「不行、不行。」吳配睿笑著說：「我一定說不出話來的。」

「瑋珊。」賴一心走進船艙說：「船長說，快到標示區了，該準備停船了。」

「嗯。」葉瑋珊站起說：「請大家準備上岸……我去換衣服。」

走到女孩的房間，葉瑋珊褪去了襯衫和紗裙，卸去臉上的妝，換上方便戰鬥、耐磨好洗的上衣和綁腿長褲，再套上棉襪和登山靴，一面不禁苦笑，這段時間，因爲常要處理外務，總穿著洋裝或套裝，腿上也總是絲襪配高跟鞋，爲了禮貌，臉上還多少帶著淡妝，雖然吸引了不少人的目光，但最想吸引的那人，卻似乎總沒放在心上……

嘆了一口氣之後，葉瑋珊穿好衣服，把頭髮綁起，一面又忍不住輕笑，倒有個臭脾氣的古怪傢伙，不看別人只看自己，不知道是怎麼回事？昨晚宴會時自己把頭髮盤了上去，他就老盯著脖子看，還以爲沒人發現？也眞是的，脖子有什麼好看的？想到這兒，葉瑋珊臉微微一紅，不禁也暗暗有三分歡喜。

葉瑋珊轉念又想，他有懷眞那樣的愛侶，爲什麼還不老實一點？還是他只是個貪心的傢伙？如果他眞敢對自己說些不正經的話……如果眞這樣的話……眞這樣的話……可得替懷眞姊教訓教訓他。

揹起準備好的背包，葉瑋珊又想到賴一心，如果告訴他，洛年和懷眞姊的關係，他會不會很難過？會不會抓著自己問是眞是假？自己怎能承受得了那般場景？一定會忍不住哭出來的……

「瑋珊呦，好了嗎？」門外傳來瑪蓮的敲門聲：「我們也該拿東西了。」

「好了。」葉瑋珊回過神，打開門。

瑪蓮、奇雅、吳配睿笑著走進房，她們早已換好衣服，這時各自拿起武器和裝備，大家一起往上層走。

一面走，奇雅一面說：「瑋珊，船主好像有事找妳，不知在說什麼。」

「嗯，我去跟他談。」葉瑋珊微笑說：「要和他約好什麼時候來這等待，大家記得別忘了東西。」

「知道了。」瑪蓮嘖嘖地說：「要不是有瑋珊在，出國可是寸步難行啊。」

「是啊。」吳配睿也佩服地說：「全校應該沒有人說英文這麼溜吧？」

「哪兒溜了？」葉瑋珊笑說：「沒人會說，我只好硬著頭皮亂說，大家都聽不懂，才以爲我說得好。」

「這樣嗎？」吳配睿說：「但還是好厲害。」

「不過說了兩個多月，確實比剛開始順。」葉瑋珊說：「小睿現在開始練習也可以啊，要不要跟我去和船主談？」

「不要、不要。」吳配睿連忙搖頭說：「看到毛很長的外國人我就嚇死了。」

這是什麼理由？葉瑋珊搖頭苦笑，自己去了。

□

數分鐘後，眾人揹著大小行囊登上橡膠充氣船，以外炁推動，讓船向著噩盡島航行，橡膠船後方還拖著一條浮筒纜繩，等眾人到島上時，遊艇那端會把橡膠船收回，之後返回檀香山。

一面往噩盡島上移動，葉瑋珊一面把剛剛聽到的消息和眾人報告了一次，最後說：「上島後，我們要盡量小心別被兩方發現……如果不慎遇上，牛頭人既然和『共聯』結盟，也可能會成為我們的敵人，但我們最好盡量別和他們結仇；至於鑿齒那邊就無所謂，打得過就動手。」他們都學懷真的說法，稱呼長齒妖為「鑿齒」，至於牛頭人，因為「牛首妖」有點繞口，大夥兒還是改不過來。

「為什麼鑿齒在內陸？牛頭人在外側？」奇雅突然說。

「我也覺得古怪。」黃宗儒說：「雖然說鑿齒怕海水，但牛頭人和人類在島內更能發揮戰力，他們組成的聯盟應該會搶佔內地才對啊！」

「我也想過這問題。」葉瑋珊說：「這樣代表鑿齒現在佔有優勢，不但把牛頭人和『共聯』等人趕了出來，還不怕他們往內攻。」

「可是牛頭人很強耶！」瑪蓮詫異地說：「島內鑿齒根本戳不傷他們，怎會打輸？」

「可能有我們不明白的地方。」葉瑋珊遙望著逐漸接近的島岸說：「希望別一上岸就遇上牛頭人……」

「幫補點炁息吧？奇雅！」這時已經進入了道息聚集區，瑪蓮眼睛一亮，有點興奮地說：「似乎能容納多一點了。」

「接近岸邊一次做。」奇雅看著噩盡島說：「道息似比過去濃了點。」

「洛年呢？」黃宗儒也望著島那端：「有他在我們比較好躲。」

「他天亮前就飛走了……」葉瑋珊也有點擔心地說：「應該已經上去了吧？因爲妖炁太弱，沈洛年的飛行速度稱不上快，如果大夥兒舉辦賽跑，他恐怕會是最慢的，但仍比以二十五節速度行駛的遊艇快些，如果沒有意外的話，這時應該已經到島上了才對。

「瑋珊。」張志文突然指著船中央說：「那四個大鐵筒是什麼呀？」

張志文指的是放在船中央、四個各有十公升容量的圓形金屬筒，在規劃帶上島的物件時，並沒提到這樣東西，但剛剛突然從白玄藍和黃齊的房裡搬出這四個金屬筒，眾人都有點好奇。

葉瑋珊考慮了兩秒，才微笑說：「是四十公升的妖質，找到安全地點之後，讓一心詳細解釋吧，我們希望能藉著妖質，提升大家的戰力，日後才能深入島內尋找懷眞，這些是拿來測試用的。」

「可以說了嗎！」賴一心忍了好久，當下跳起來說：「聽我說，我猜測……」

「等等，一心。」葉瑋珊笑著打斷了賴一心，搖搖頭說：「先讓我說完，你那些一時半刻說不完的。」

「也是。」賴一心呵呵一笑，又坐了下去，一面對眾人說：「晚點再聊！」

眾人聽到這幾句話，不禁都有點興奮，目光又轉回葉瑋珊，等待著她說明。

「簡單點說，就是試驗吸收更多妖質，以便凝入更多炁息。」葉瑋珊看著眾人說：「我和一心會先開始做這個實驗，如果成功的話，就會讓大家跟進……台灣還有兩百多公升，以一人二十公升來說的話，應該夠大家用；但如果失敗的話……」

葉瑋珊頓了頓說：「就不要再有人犧牲了，你們想辦法離開檀香山，回台灣吧。」

「這麼危險嗎？」吳配睿吃了一驚，叫了出來：「那不要啊！」

「這麼危險讓我先來！」瑪蓮嚷：「瑋珊妳比我重要多了，我和一心測試好了。」

「不對啊。」黃宗儒說：「爲什麼要兩個人測試？」

「對啊，猜拳看誰輸了來測試好了。」張志文說：「這樣公平，誰也不吃虧。」

「一心對這方面的事情比較有感覺，加上是他提出這想法，讓他測試是理所當然的。」葉瑋珊微笑說：「除了他以外，還需要一個發散型的配合，所以加上我。」

「發散型也不只妳啊！」瑪蓮說完一愣，皺眉說：「當然藍姊和奇雅也不該冒險……唉！爲什麼只能發散型的？」

奇雅緩緩說：「瑋珊，如果我可以代替的話……」

葉瑋珊搖了搖頭，遲疑了一下說：「冒險的既然是一心……另外一個資格，奇雅妳就別跟我爭了。」說完，葉瑋珊的臉整片紅了起來，低下頭看著腳尖，不敢抬頭。

葉瑋珊對賴一心的感情，明眼人都看得出來，但賴一心對這方面似乎有點遲鈍，總是沒什麼反應，而葉瑋珊又臉嫩，不願主動多說什麼，所以也就這麼一天拖過一天，也不知是不是因爲即將進入噩盡島，未來生死福禍難測的氣氛下，突然逼出了葉瑋珊這句意味著生死與共的言語。

這恐怕是葉瑋珊這輩子說過最大膽的話，除了她臊紅了整片面頰之外，當下每個人都瞪大眼睛看著賴一心，不敢作聲，看他會有什麼反應。

賴一心看眾人都看著自己，他呆了幾秒，突然露出笑容，拍手跳起說：「幹嘛氣氛這麼凝重？放心啦！我很有信心，絕不會有問題，只是我和瑋珊先開始而已啦。」

重點不是這個！如果視線可以殺人的話，賴一心必然被眾人的視線戳出幾十個洞口，接著眾人不約而同地唉了一聲，紛紛搖頭。

「幹嘛？」賴一心詫異地說：「你們沒興趣嗎？」

「別說了。」為什麼自己會喜歡上這笨蛋？葉瑋珊臉上紅潮未褪，她咬著唇，憤憤地取出七首說：「快上岸了，先引炁準備好，過來！」

「喔？」賴一心只好走近，一面一頭霧水地說：「妳生氣了？」

「沒有！」葉瑋珊氣呼呼地說。

白玄藍正著手替黃齊引炁，一面忍不住笑罵了一句：「一心你這笨蛋小子。」

「嗄？」賴一心一呆。

「該罵。」黃齊跟著搖頭笑說。

「對，笨蛋！」「大笨蛋！」「超級大笨蛋！」這是吳配睿、張志文、侯添良三人見到黃齊夫妻開口，他們也不客氣了。

黃宗儒卻伸個懶腰說：「要是洛年在就好了。」

眾人一聽，不禁都笑了出來，沈洛年若是在，可能會把大家都不敢說的話說出來吧？

「怎麼了啦？」賴一心遇到搞不懂的事情，只好望向葉瑋珊。

葉瑋珊雖然害羞，看眾人紛紛幫自己出氣，甚至還提到沈洛年，又不禁好笑，沈洛年若在，不知會有什麼反應？她一面引炁，一面白了賴一心一眼，不理會他。

另一面，奇雅也正幫瑪蓮引炁，兩人見狀對視一眼，瑪蓮擠出笑容，抓抓自己的頭，奇雅卻搖了搖頭，輕嘆了一口氣。

ISLAND
別留活口就沒人報復

終於抵達噩盡島，眾人把東西都搬上海岸，揮手讓遊艇把船收回，眾人帶來的，除個人隨身背包和武器之外，就是地上那兩大袋準備吃七日的糧食，還有那四筒妖質。

這幾樣東西將會放在隊伍中間，由三個發散者輪流托起移動，其他人則排成陣式，偵查周圍。

「確實是跟洛年約在島東吧？」賴一心問。

「嗯。」葉瑋珊也四面張望著：「洛年說這島的中央山區偏東，所以這兒上岸最近，也最快就進入道息集中區，我們入林等洛年，走吧。」

當下賴一心和黃齊站在最前面，領著眾人往前方奔去。

這是上次被刑天擊垮之後，賴一心改良過的陣型，由他和黃齊兩人領頭，瑪蓮、吳配睿居次，其他人的陣型不變，畢竟萬一遇到強敵，他倆總比吳配睿、瑪蓮能多頂兩下，省得馬上就被敵方擊潰，如果遇到能讓瑪蓮兩人盡情發揮的對手，再改變陣式即可。

和三個發散型女子一起待在陣中央的黃宗儒，一面奔跑一面問：「道息集中區是偏東的中央山區，不是島中央？洛年怎麼知道的？」

葉瑋珊似乎有點意外，多看了黃宗儒一眼，這才點頭說：「我也問了洛年，他沒解釋。」

黃宗儒點了點頭，沒再多說。

海邊離森林很近，眾人一奔入林中，隨即停下等候，按照道理，沈洛年該在這附近不遠，他既然已經學會飛，感受到眾人的炁息後趕來也不用多少時間，怎麼到這時候還沒出現？

「小心！」「有警！」白玄藍和奇雅同時低聲說。

「北邊來了二十人。」葉瑋珊接口低聲說：「一心，西南走五十公尺，避看看。」

「嗯。」賴一心一打手勢，領著眾人往南繞。

到了噩盡島，眾人自然把炁息都收斂起來，這種狀態下，除了沈洛年那種堪稱變態的感知能力，一般來說，必須接近到一定距離內才會有感應，而這方面感應能力最強的自然是專修派發散者，十餘公尺內就可以感覺到其他人散出體外的炁息；其次就是兼修派，最差勁的則是賴一心這些專修派內聚者，大概要面對面才有感應。

這兒林深葉茂，如果對方沒有發散者領隊的話，應該有機會避過。

「沒發現我們，但可能知道我們上岸。」葉瑋珊又低聲說：「分兩隊搜過來了，繞西北五十公尺。」

十人又小心翼翼地走了一段距離，葉瑋珊突然說：「停！這邊還有另外一隊。」

「看來避不開了。」白玄藍皺眉說：「他們對這附近地形很熟，我們被包住了，準備應戰。」

「來這兒。」賴一心領著眾人往旁，走到一處四面都是巨大莖幹、空間不闊的地方，一面低喊聲：「防守。」當下外圍六人散開，圍住了中間的四人小組，這是另外一套賴一心新訂的防守用陣式。

對方發現自己這群人，只是時間早晚而已，眾人正緊張間，突然上空窸窣有聲，似乎有什麼東西正掉了下來，眾人一抬頭，卻見沒有炁息的沈洛年正輕飄飄穿過枝藤，彷彿一片落葉一般往下飄落，緩緩落到正中央。

「洛年？」眾人吃了一驚。

「抱歉，剛被隻會飛的老虎妖怪追……」沈洛年皺眉說：「怎麼你們一上來就被圍了？」

「該是有人瞭望著島外，很早就發現我們上島，在這兒布置好了。」葉瑋珊說。

「四十人左右呢！」沈洛年低聲說：「散成四隊緩緩搜進，已經包圍住了，打得過嗎？」

「可以吧，我們很厲害喔！」賴一心有信心地說。

這人信心總不知道哪兒來的，沈洛年納悶地看看其他人，卻見賴一心這麼一說，眾人也跟著點頭，似乎一樣大有信心，這可是沈洛年無法理解的連帶反應，他皺皺眉又說：「你們準備好砍人了嗎？」

眾人聽到這句話，都突然呆了呆，你看看我，我看看你，臉上都有點驚慌。

「敵人是人，」沈洛年又說：「不是妖怪喔！」

「這……」吳配睿臉色發白，回頭看著葉瑋珊低聲說：「瑋珊姊，我們眞要……砍人嗎？」

「我回台灣遇到的何宗人，就是像你們這樣，才會被我砍掉兩隻手。」沈洛年說：「如果沒做好心理準備，不如別打，投降。」

「先談談看吧？」葉瑋珊低聲說：「大家都是人，沒必要打起來。」

「萬一談不攏呢？」沈洛年說。

「那就學你砍手腳！」葉瑋珊一咬牙說：「變體者手腳不難接回去，讓他們暫時失去戰力就好了。」

「砍手腳？」沈洛年說：「那妳們炁彈、炁鞭不能用了？」

葉瑋珊一呆，一下說不出話來，炁彈是爆炸型的外炁，怎能分辨炸到哪兒？炁鞭也不是用來砍人的東西。

他們一下子也不可能把念頭轉過來，沈洛年嘆口氣說：「看著辦吧。」

過不多久，對方果然發現了白宗等人，幾聲呼嘯，四十個手持長劍的人們，分四面包圍著眾人，不過因為賴一心選的地形關係，那些人沒法太接近，只好在巨大莖幹外又包圍了一圈。

「我們是『共生聯盟』！」一個肩胸寬廣、國字臉、西裝頭的中年大漢，提著一柄長劍踏出，對著眾人沉聲說：「我，蘇守洪，哪位出來說話？」

葉瑋珊看了有點慌張的白玄藍一眼，深吸一口氣，踏出一步說：「白宗宗長，葉瑋珊。」

「妳這小女孩也算……唔，白宗？難道是台灣白宗？」蘇守洪臉色一變，驚喜地說：「誰是胡宗的沈洛年？……一定就是你吧，沒有炁息的年輕人！」蘇守洪注意力轉到躲在人堆裡的沈洛年。

媽啦，自己有這麼有名嗎？沈洛年皺起眉頭，沒理會這人。

若讓沈洛年開口吵架，就不用談了，葉瑋珊接過話說：「諸位堵著周圍，不知有何貴幹？」

「看在過去同門的分上，放下武器投降，保證不傷你們性命。」蘇守洪說：「等把你們妖質迫出之後，就送你們出島，不過那位沈小弟是例外，我們要他留下。」

迫出妖質？雖然這也是種取得妖質的法門，卻比煉妖麻煩多了，而且被迫出妖質的人，日後沒法重新變體，只能一輩子當普通人，對道武門人來說是一種很可怕的懲罰，葉瑋珊臉色一變說：「要迫出我們妖質，不如說要殺了我們。」

「有些人確實認爲殺了省事。」蘇守洪看著眾人，哂然一笑說：「我是有點不忍心，所以才決定花工夫迫出你們妖質，而且如果眞要殺了你們，你們更不可能投降吧？彼此打起來都有損傷，何必呢？」

「我們不可能投降。」葉瑋珊臉一沉說：「既然上了島來，不管對手是人是妖，我們就有殺人或被殺的心理準備，想要我們這十一條命，就拿命來換。」

葉瑋珊這一番話，不只是說給對方聽，一方面也是說給自己和白宗的其他人聽，直到剛剛沈洛年提醒，葉瑋珊才發現自己太過輕視這次旅程，既然不是殺人就是被殺，該下決斷的時候還是要下，她下定決心說出這番話，一方面也是逼著自己覺悟。

她這話說完，眾人心中豪氣陡起，紛紛舉起武器，連吳配睿都舉起了大刀，別人要殺自己，怎能不拚上一拚就認輸？

心裡的想法一改變，表現出來的氣勢就不同，蘇守洪微微一怔，倒也不敢貿然派隊往前，遲疑了一下才說：「就算我們會有損傷，你們卻死定了，這樣値得嗎？」

葉瑋珊突然發現，對方其實心裡也沒準備妥當？

也許他們過去遇到的人都認輸投降，或者這群人根本沒遇過其他宗派……過去道武門講究低調自守、嚴禁恃強凌弱，除了墮落成政府殺手的特例，一般門人彼此戰鬥的經驗應不多，反而是總門後來訓練的那些部隊，本出自軍旅，這方面的心理建設比較強些。

如果這樣的話，自己這群人衝殺出去，對方說不定反而難以抵擋……但是……當眞要殺人嗎？葉瑋珊事到臨頭，還是有點遲疑。

沈洛年突然湊到她耳邊說：「北邊十公里，又有四十人斂炁趕來，要走得快。」

那只剩十分鐘不到……葉瑋珊心念一轉，揚聲說：「你們現在最主要的敵人，應該是鑿齒吧？我們這種獨自上島的，和總門也無瓜葛，何必和我們起衝突？現在留條路，日後好相見，否則我們就不講情面了。」

「長齒妖和你們是兩回事，小女孩，妳眞想和這麼多人動手嗎？」蘇守洪有點輕視地笑說，周圍也不少人笑了出來，他又接著說：「我給你們十分鐘考慮，當眞不投降，咱們就要動手啦。」

十分鐘？這人也知道援軍不遠了，看來沒法善了，葉瑋珊深吸一口氣，回頭看著眾人，低聲說：「你們有人不想爭鬥，想回去當個普通人嗎？現在退出還來得及，否則……對不起，我得命令你們砍人……不，殺人。」

「他們不是壞人吧？我不想殺人啊。」吳配睿慌張地說。

「小睿想投降嗎？」葉瑋珊嘆口氣說：「妳去吧。」

「沒有啊！」吳配睿搖頭，紅著眼睛說：「我不投降，我不想變回普通人，我還想打妖怪啊……只是、只是……」

雖然只有吳配睿開口，但每個人臉上神色都很沉重，大家的想法其實都差不多，誰也不想殺人，但也不願意變成普通人，每個人都在想兩全其美的辦法，卻又想不出來。

「說句老實話，我們早就是妖怪了，那些人也是妖怪。」沈洛年突然說：「變體就是妖化，殺他們和殺鑿齒其實沒有什麼差別，把他們當成鑿齒，就砍得下手。」

「你說得好簡單。」吳配睿難過地說。

「嘖！早知道我自己來找懷真就好。」沈洛年不想說了，望著西方的山脈說：「省得拖累了你們。」

「我不是這個意思啊……」吳配睿哭了出來。

「也許不用殺人。」葉瑋珊突然說。

眾人一怔，目光都轉向她，葉瑋珊接著說：「對方其實也沒準備好和人類廝殺，我們一衝殺出去，對方一定會亂，我們會很有機會，就算單砍手腳，也可能殺得出去。」

「那……那就好多了。」張志文說：「小睿快別哭，不殺人了。」

「不殺的話……我……我會砍下去的。」吳配睿咬著牙齒說。

「但是要抱著殺人的心態砍。」葉瑋珊蒼白著臉說：「刀劍無眼，萬一誤殺了呢？可沒時間讓我們懺悔難過，我……我自己……炁彈也會找人多的地方扔！」

在眾人沉默中，葉瑋珊緩緩說：「對方另外一批人已經趕來，我們沒時間做心理建設了，不管殺還是不殺，等會兒我們得砍到這些人全部逃跑爲止……眞的砍不下手的人，就躲到防護圈中吧，但若我們僥倖打贏，實在不行的……就回家吧。一心！排陣動手。」

賴一心一怔，吸口氣說：「敵人只是人多，本該用爆炸力開路，但小睿和瑪蓮如果沒辦法的話，就我和黃大哥在前面……」

「我行！」瑪蓮突然咬牙說：「不就是砍人而已嗎？靠！只是不大習慣而已，可以！」

「那瑪蓮和我開路。」賴一心說：「黃大哥和小睿到第二波吧。」

「小睿要是眞的害怕，躲進來吧，我保護妳。」黃宗儒也說。

吳配睿搖了搖頭，沒有吭聲。

賴一心挺著槍走到前端，想了想又回頭低聲說：「我……再問一次他們要不要讓開？」

「怎麼可能會讓開？問了反而讓人有提防。」沈洛年板著臉說：「直接殺出去。」

「殺出去對方會追，援兵會來。」葉瑋珊頓了頓，咬唇說：「打垮他們！」

「走！」賴一心咬牙挺槍，和瑪蓮往前踏步，眾人一起奔了出去。

蘇守洪放著眾人討論，確實是想等另外一批人抵達，這樣人數更多，對方抵抗之心更低，更容易不戰而勝，畢竟誰也不想自己手下有人犧牲，看到對方討論到一半，還有女孩子哭了出來，蘇守洪更是安心，沒想到那女孩淚痕未乾，這群小子居然殺了出來，他忍不住叫：「你們找死……？」

這時可不是說話的時間，葉瑋珊說到做到，一咬牙，炁彈已經對著人群轟了出去，炸得對方人仰馬翻、四面亂跑；賴一心和瑪蓮同時往前撲，賴一心長槍一抖，一個槍花左右彈開，兩個迎面的青年眼一花，分別被槍面打了一巴掌，同時往旁飛摔。

瑪蓮則是怪叫一聲，高高躍起，厚背刀對著個大漢當頭劈去。大漢慌張地連忙舉劍應付，兩方炁息在武器上一碰，瑪蓮的勁力倏然爆開，加上她由上往下、雙手共劈帶出的巨大力道，對方只是斜舉著劍，怎麼抵擋得住？當下被劈得往後急滾。同時侯添良、張志文彷彿鬼魅一般地閃到前端，騰身間抽刀揮劍，也打飛了兩個發愣的對手，這才又閃了回去，不過眾人似乎都有默契，全都使用劍身刀背，不想傷人。

這樣自己也會！吳配睿心情放輕鬆了些，大刀繞身旋起，刀隨身轉，對著正不知該往哪兒退的人身側劈去，眼見即將砍上，吳配睿刀刃一轉，刀面彷彿一個巨大鍋鏟，啪的一下把對方硬生生打飛。

而黃齊、白玄藍、奇雅也紛紛出手，眾人一衝陣，一下子把對方半邊陣勢撞得不成模樣。

「別讓他們逃了！」蘇守洪大叫。

賴一心卻不逃，方向一轉，對著另外一群人衝。

這陣式並不複雜，反正就是一個跟著一個，賴一心一轉，其他人跟著轉，又向著對方人最多的地方奔。

「教訓這群小鬼。」對方這時回過神了，人人拔出長劍圍上，這些似乎也是兼修派的，動作輕靈迅速，散了開來，開始忽遠忽近地攻擊。

但劍炁遠距離攻擊威力不算太大，在眾人結成陣勢、沒有後顧之憂的情況下，迎面劍炁只要用武器一劈就自然消散，而論近距離的強攻，他們卻又不是內聚型的對手，若想靠著人多合力應付，但人一聚集，幾個威力強大的炁彈馬上就衝了過來，要趁隙從後方攻擊，奇雅和黃宗儒柔剛兩股力道組合的炁牆，彷彿銅牆鐵壁般，怎麼打也打不進去。

結果就是賴一心領著陣式，到處亂衝，走到哪兒對方就亂到哪兒，根本抵擋不住，但雖打翻不少人，卻沒有一個人受傷，大家都不想傷人，只把對方擊退便罷，甚至連白玄藍和葉瑋珊的炁彈也不如過去的威力，似乎只想炸退對方，不想眞下殺手。

這麼一來，每個被打翻的，頂多添上一些瘀青或小傷口，滾上幾滾又衝了上來，而且還更火大。

時間過得很快，這麼繞了幾圈，周圍又多了四十人，卻是對方的增援已經趕到，在外圍又圍上一圈。

這樣下去怎辦？每個人心中都有點惶然，但又狠不下心，可是隨著炁息逐漸耗用，拖下去也只會完蛋啊……

葉瑋珊一轉念，偷看在隊伍中央、隨隊移動的沈洛年一眼，見他板著臉一聲不吭，就知道他又生氣了，只是懶得開口，葉瑋珊也知道這樣下去不是辦法，她思前想後，想到自己接任白宗宗長之後該負的責任，想到這群夥伴的生死未來，葉瑋珊一咬牙，突然全力凝出一顆強大的炁彈，對著人群扔了出去。

之前的炁彈，大多讓人滾上兩下，所以對方也沒有很留神，只一面閃避一面以劍炁抵擋，怎知這次卻有不同，只聽轟然一聲巨響，一股強烈氣流往外湧出，七、八人四面滾倒，首當其衝的三人被炸得皮開肉綻，倒地昏迷不醒。

這是怎麼回事？一下子眾人都呆掉了，對方紛紛散開，白宗這兒也停下了手。

葉瑋珊當即揚聲叱說：「你們還玩什麼？想打到天黑嗎？還是想直接投降？白宗的人聽

著，再用刀背、劍身手下留情的，就迫出妖質開革！」

眾人一呆，葉瑋珊瞪著賴一心說：「一心！」

「啊？」

「衝陣，你先砍隻手給我看！」葉瑋珊說。

賴一心怔了怔，點頭說：「大家上！」跟著領隊往前殺了過去。

大家也不是傻子，都知道現實的嚴峻，也許就是缺了這股推力，葉瑋珊這一逼之下，每個人不再留情，對著人堆殺了過去，一下子砍翻了七、八個人到處亂滾慘叫，而敵人畢竟會動，想砍手還未必真能砍到，難免切到別的地方，看著到處亂滾慘呼的人，也不知有沒有砍到要害，眾人不禁都有點不忍。

「這小丫頭好狠！混帳！」「你們死定了！」這時周圍斥罵聲不斷傳來，賴一心一咬牙，不管這麼多了，領著眾人又轉方位，對著另外一群人殺去，白玄藍和葉瑋珊的強大炁彈已經先一步出手，將對方陣勢炸開，接著賴一心等人順暢地攻入，一下又砍翻了五、六個人。

「退，圍上遠攻！」外圍有人喊著，除了倒地不起的人之外，對方紛紛後撤，跟著數十道劍炁四面八方射了過來。

「入陣！」賴一心也跟著喊了一聲，一下子眾人紛紛退入奇雅和黃宗儒的防禦圈，那些劍炁打上這兩人的炁牆，彷彿蚊子叮咬一般，一點效用都沒有。

接著賴一心一指方位，眾人紛紛提炁輕身，讓三個發散者托起眾人，向對方人多處衝去。

這團人飛天而至，還沒接近，威力強大的炁彈已先出手破陣，跟著六個凶神惡煞又衝出炁牆、到處亂砍，一下子又倒了十幾個人。

「這是什麼東西？退開、退開。」蘇守洪亂叫起來，指揮也亂七八糟，畢竟他們從沒和這種敵人交鋒過，要知道專修派本就不多，而專修單一心訣的人更少，過去的道武門人也從不需要結陣廝殺，對方根本無法想像會面對這樣的陣式。

今日若是一對一，兩方各派出一人廝殺，對方未必會落於下風，甚至因爲內外兼修，可能還會佔有優勢，但結陣廝殺的時候，兼修派的缺點就顯了出來，對方誰也擊不破黃宗儒、奇雅的堅固護盾，誰也擋不住瑪蓮、吳配睿、白玄藍、葉瑋珊四人爆炸性的刀威炁彈，更是誰也沒有侯添良、張志文的速度，眾人藉著陣式，把優點發揮、缺點互補，敵方自然完全不是對手。

「一心，停手！」幾個衝鋒交錯之後，葉瑋珊突然下令，賴一心一怔，停下了腳步，眾人再度結成防守陣式，奇雅、白玄藍等人已經開始著手替眾人引炁，剛剛那場戰鬥，大家都耗散了不少炁息，再打下去，說不定會支持不住。

眼看到處都倒著人，有被砍斷手腳的、有被炁彈炸傷的，對方八十個人，有三分之二在血泊中打滾，只剩下二十多人躲遠遠發愣。

葉瑋珊踏出兩步，瞪著眾人說：「別再來糾纏，否則我們眞會下殺手。」

周圍眾人爆起怒氣，紛紛喝罵：「妳這狠毒的賤女人！」「妳一定會後悔的！」「小妓女！」「妳他媽的賤貨！」「一群雜種，臭小子！」

聽著污言穢語從四面傳來，瑪蓮忍不住瞪眼大喊：「靠！哪個想死的站出來，老娘當場斬了！」

一下子四面安靜了下來，用嘴巴說說很容易，眞要死可沒多少人有這勇氣，蘇守洪眼看自己手下躺了一地，漲紅臉悲憤地說：「妳……妳敢和我一對一拚個生死嗎？」

「誰怕誰？宰了你。」瑪蓮炁息已補回半滿，一瞪眼要往外走。

「瑪蓮，我來。」賴一心搶上一步，阻住了瑪蓮，他知道若當眞單挑，專修爆勁的瑪蓮說不定會吃虧。

「不用打了。」葉瑋珊叫住兩人，對著蘇守洪說：「你這話，若一開始肯說，我還會稍微尊敬你。」

蘇守洪自是說不出話來，本想倚多爲勝，沒想到對方組成個古怪陣勢，完全不知道該怎麼對付，到最後眾人躺成一地，現在才提單挑，確實已失去意義。

「蘇先生，你心底有數，我們已經盡量沒下殺手了。」葉瑋珊說：「請回去告訴你們聯盟，我們不會主動找你們麻煩，但下次有人再來糾纏，我們就不會這麼客氣。」

眼看蘇守洪咬牙切齒說不出話，葉瑋珊回頭低聲說：「洛年，指路。」

「嗯。」沈洛年分辨出沒有妖怪的路線，往西北一指：「先往這兒去。」

「走吧。」葉瑋珊一聲令下，賴一心和黃齊領頭，在四面數十道怨恨的目光下，眾人往島內緩緩前進。

□

從這個方向前進，不到十公里遠，地勢就開始變高，再走十公里，前方地勢變成十分陡峭，山勢開始往上拔昇。

一路走來，路上都沒人說話，每個人心情都很沉重，剛剛打起來的時候，大家殺紅了眼，雖然仍多少避開了要害，但讓對方斷手斷腳、肚破腸流的卻也不少，現在慢慢冷靜下來，每個人都有點惶然，不知道自己這麼做是對是錯。

沈洛年引著眾人走，盡量避開妖怪，但噩盡島上的妖怪數量明顯比上次來多了許多，也沒法完全避開，沈洛年主要注意的是數量大的妖群，一些一、兩隻妖炁普通的妖怪也就顧不了這麼多了。

還好無靈智的凶惡小妖似乎少了很多，偶爾遇到孤單單四面晃的妖怪大多頗具智慧，感應到眾人，多只提高警覺閃開或保持距離觀察，不大會主動挑釁。

一面走，眾人也可以很明顯感覺到，自己體內的炁息狀態似乎正在增益，代表周圍的道息更濃密，直到了山勢往上拔昇的地方，沈洛年領著眾人繞到一條溪流源頭的小山瀑旁說：「瑋珊。」

正沉思的葉瑋珊一愣，回神說：「怎麼？」

「你們要測試妖質，這兒的道息量應該夠了吧？」沈洛年說。

「是嗎？」葉瑋珊有點意外，凝出一小團炁彈，果然閃出一抹艷麗的紅光，葉瑋珊詫異地說：「這麼快，這離海岸不到二十公里吧？」

眾人也跟著抬起頭來四面看，不過他們感覺不到道息，除了周圍森林外，只看到西面高起的山崖，也看不出其他玄妙。

「這島道息最濃處不是正中央，是山脈高處。」沈洛年指著西邊高山說：「最濃處離海邊不到四十公里，在地圖Ｆ５那區，在這兒修煉，有任何意外，比較容易逃出去，而且這附近地勢多變，高低起伏不定，群聚妖似乎也比較少來。」上次來，沈洛年內外繞島兩周，已經大概搞清楚這島的狀況。

「嗯……」葉瑋珊點了點頭，四面望說：「那我們該找個可以居住的地方……」

「瑋珊。」沈洛年又喊了一句。

「嗯？」葉瑋珊轉頭。

「你們眞要留下？」沈洛年說。

「怎……怎麼？」葉瑋珊意外地問。

「剛剛已經結下仇了。」沈洛年說：「既然你們這麼不願意砍人，就別留下吧，現在十幾公里外，又有幾百個人往這附近搜來，就算躲掉，日後八成還會遇到敵人，我現在帶你們出去還來得及。」

「那懷眞怎辦？」葉瑋珊說。

「我會想辦法。」沈洛年搖頭說：「不需要你們幫忙。」

葉瑋珊遲疑了一下，突然望向眾人，行了一禮說：「大家……剛剛對不起，逼著你們出手。」

「瑋珊姊，別這樣，不是妳的錯。」吳配睿難過地說。

「不就是殺人嘛！」瑪蓮嘴硬地說：「我……已經有點習慣了。」

「剛剛說迫出妖質開革，是逼不得已。」葉瑋珊說：「如果真不願和人爭鬥，我不會有任何意見或者懲罰，趁著現在沒有敵人，想離開的人，不用有顧忌。」

眾人彼此互望著，誰也沒說話，隔了片刻葉瑋珊又緩緩說：「剛剛我們至少打傷了五十多個人……你們可曾想過，如果一開始不用刀背、直接動手，只需要傷害不到一半的人，就可以在第二批援軍趕到之前結束戰鬥，提早退走。」

這話說得沒錯，每個人眉頭都皺了起來，暗暗後悔剛剛的舉動，手下留情不打退對方，到最後反而傷害更多人。

「如果直接殺人呢？」沈洛年突然說。

眾人一怔，望向沈洛年。

「當時如果一衝出去就殺個十人，誰也不敢攔你們路，恐怕暫時也沒人敢追來。」沈洛年遙望東方說：「現在馬上來了百多個，萬一被追上，就不知得殺幾個才能完事。」

葉瑋珊皺眉說：「洛年……這樣也實在……」

「我在台灣，就這樣跟他們說。」沈洛年說：「誰再碰我叔叔，我就把何宗所有親戚朋友都殺光，後來就沒人來胡鬧了，所以只砍了兩條手臂就沒事，否則能這麼簡單就結束嗎？」

這話眾人還都是第一次聽到，每個人都說不出話來，過了片刻，黃宗儒才說：「洛年，你是開玩笑的吧？如果他們不聽話，難道你眞要殺光……」

「我是認眞的喔！」沈洛年目光掃過眾人說：「何宗那人也看得出來我是認眞的才有效……但瑋珊剛剛對他們的威脅，一點都不認眞，對方自然不會怕。」

這是什麼樣的人，怎會有這樣的想法？這一瞬間，每個人看沈洛年的眼神都稍微變了，都多了一點害怕、提防的味道，沈洛年也不在意，只說：「所以你們都回去吧，看你們這樣我也沒勁。」

「我不贊成以殺人、傷人的方式嚇阻對方。」賴一心突然開口：「但我也不想離開。」

眾人目光集中過去，賴一心緩緩地接著說：「不管是殺人還是傷人，對方心中一定會記恨，彼此報復，沒完沒了，就算一百人的時候不敢來，但一千人可能就來了。」

這話有道理，眾人紛紛點頭。

沈洛年卻不以爲然地說：「通通殺光，別留活口就沒人報復。」

眾人都一呆的時候，葉瑋珊忍不住瞪眼說：「洛年！這怎麼可以？」

「好啦、好啦，當我沒說。」沈洛年閉上嘴不說話。

「對方既然不講理，硬要逼我們走，不可能避免衝突。」賴一心接著又說：「我是這樣想的，無愧於心最重要，剛剛既然不殺人就能打贏，就不該殺，但如果不殺不行，就別遲疑……只要是這樣，我們就不用感到抱歉……瑋珊說得很對，我們剛剛一時心慈，最後反而多傷了幾十人，這種錯誤以後不能再犯。」

這話眾人可就比較能接受了，大家紛紛點頭，心情都紓解了不少，瑪蓮嘴角露出笑容說：「對啊，逼得我們非打不可，打傷了又哭爹喊娘，那要怪誰？怪我們不乖乖讓他們砍嗎？」

吳配睿咬著唇點頭說：「我也覺得一心哥說得很對，我們是……正當防禦。」

「剛剛還不敢說。」張志文聳聳肩低聲說：「其實我砍到後來有點上癮。」

「我也是耶，砍著砍著就不覺得怎樣了，和打電動差不多。」侯添良詫異地說：「我剛都不敢說出來，幹！原來你跟我一樣殘忍。」

「去你的，誰殘忍了？」張志文心中暗罵，比殘忍誰比得上沈洛年？但這話他又不好說，只癟嘴說：「瑋珊說砍手他們接回去不難啊。」

侯添良這會兒卻不理張志文了，笑說：「我不只要留下，還要吸收妖質變強，最後救回懷眞姊！」

「對。」這話正符合賴一心的想法，他馬上跟著說：「不管想做什麼，都需要更強大的能力。」

「一心快點試驗吧。」張志文說：「我們也要變強，說起來陣式挺好用的，對方人多也沒用。」

「對啊！不過無敵大都不用砍人，不公平。」吳配睿嘟起嘴抱怨，黃宗儒自然只好乾笑。

「奇雅其實也很善良呢！」瑪蓮笑嘻嘻地說：「妳剛沒用幾次炁鞭對吧？」

奇雅輕搖了搖頭，沒說話，倒是黃宗儒說：「對方劍炁太多，我們全力防禦比較穩，對了，奇雅姊，妳可以化散力量就好，不用布出炁牆抵禦，這樣比較方便吧？」

「我也這麼想。」奇雅贊同地點了點頭，畢竟柔訣的防護炁勁適合一面化散力量，一面把力量引開，固定成炁牆就沒有引開的效果，硬要化去反而費勁，還不如針對敵襲時化散，比建立炁牆還有效率。

眾人正議論紛紛、討論陣型時，沈洛年突然皺眉說：「藍姊，妳別硬撐了，回去吧。」

眾人一呆，紛紛停口，望向白玄藍。

白玄藍一直沒吭聲，只在旁聽著眾人說話，突然發現沈洛年對自己這麼說，接著眾人都看著自己，她先是一怔，跟著眼睛泛紅，眼淚從眼角慢慢滴出，順著臉頰滑落，黃齊一呆說：「藍？」連忙奔了過去。

「對……對不起。」白玄藍轉過身子，掩著臉退開幾步。

「藍姊？」「舅媽？」瑪蓮、奇雅、葉瑋珊都吃了一驚，連忙跟著圍了上去。

卻是沈洛年看得很清楚，剛剛戰鬥的過程中，白玄藍雖然表情沒變，也順著葉瑋珊的指示發出強力的炁彈，但她卻一直籠罩在濃重的哀傷和悲痛中，直到賴一心和葉瑋珊兩人說了那串話，大部分人已經感到開解，心情好了不少，她卻依然無法釋懷、十分難過。

不知是不是考慮到眾人的感受，到了這時候，她仍一聲不吭，不願表現出來，但這份連丈夫黃齊都沒能察覺的心情，卻被沈洛年一言點破，白玄藍心慌之下，終於忍不住哭了出來。

在眾人安慰下，白玄藍好不容易止住淚，她不好意思地抬頭說：「沒……沒事了，讓大家擔心。」

「舅媽？」葉瑋珊擔心地說：「妳……真的很難過？對不起，都是我不好。」

「不，是我太軟弱了。」白玄藍遲疑了一下，垂淚說：「我本想忍著的，但……洛年說的沒錯，我真的受不了，齊哥，我剛打傷好多人，有沒有……有沒有人……被我殺死？」

「沒有，一定沒有的。」黃齊一輩子就寵著這個老婆，他摟著白玄藍肩膀，疼惜地說：「妳別難過，我們不打了，我陪妳回台灣，好不好？」

白玄藍一怔說：「但……孩子們都要留下，我不能……」

「舅媽，別替我們擔心。」葉瑋珊苦笑說：「妳這樣我們心裡更難過。」

「不行的，妳才剛接手，又這麼年輕……」白玄藍咬著唇說：「不然我以後不打人了，打妖怪我還是可以幫忙。」

白玄藍這樣說也不是沒道理，葉瑋珊正感為難，黃齊緩緩說：「就算妳不出手，看我們出手傷人，也會難過的。」

白玄藍一怔，低下頭說不出話來，黃齊跟著說：「宗長之職交託後，長輩按規矩本該退隱，我們沒立刻走，是有點不放心，但瑋珊本就沉穩，又有一心和大家幫著，其實也沒什麼好擔心，走吧，我陪妳回去。」

白玄藍似乎終於意動，遲疑了片刻才說：「還有書的註釋……」

「遊艇也要七天後才來，這樣吧，我們先找地方躲一個星期。」葉瑋珊一面思索，一面明快地說：「這七天盡量避開敵人，我和一心測試妖質，舅媽和舅舅處理書，其他人暫且輪流防禦，七天後若一切順利，我們再離島，下次就把所有妖質運來。」

似乎只有自己覺得殺人沒什麼？沈洛年抓抓頭，倒也不想多說，卻見葉瑋珊那雙明眸突然望著自己，似乎有話想說，沈洛年揚眉說：「幹嘛？」

「陪我去找個住的地方吧？」葉瑋珊含笑說。

「嘖，知道了。」沈洛年皺皺眉，隨著葉瑋珊，轉身往外走去。

ISLAND
誰教我們沒女人味

䨻盡島，過去那五公里寬的荒涼小島不提，變成百公里寬之後，也不過才過了一個半月，但也不知道從哪兒來的，已經有些一般自然界會生長的普通小草，開始在那些妖界植物之間的空地生長，趁著熱帶的多雨春日，蓬勃發展。

這地方水氣豐沛，島中央山區幾乎每天都會下一場大雨，泥土被沖刷了一段時間，溪流河川也慢慢匯集出現，但因爲時間太短，沒有什麼河谷之類的地形，下游溪流也往往漫成一片，隨意地改變河道。

當初息壤不斷增長的時候，中央山地的土壤不斷堆疊擠壓、隆起崩落，地形變得十分複雜，也不算很穩定，在大大小小的地震影響下，幾乎每天都有山崩土滑的現象。

在這種情況下，不可能找個山洞住，也沒有河谷可言，沈洛年和葉瑋珊最後在瀑布附近，找了個山崖和一排巨莖間的縫隙，上方蓋上草葉，縫隙塞上土塊，出口再用一些草木擋著，就成爲眾人臨時的居所。

其實在這島上，幾乎沒有普通的人或獸，只有變體引炁的人類，以及強大的妖怪，這樣的生物只要到了一定的距離內，不管外面怎麼遮掩，都會發現眾人的藏身處，所以眾人搭建的時候，只求個遮風避雨，外在的僞裝也不太在乎了，只要遠處看不大出來即可。

很快過了三日，白玄藍和黃齊一直努力地語譯、謄錄道咒總綱，葉瑋珊和賴一心則開始嘗試迫入更多妖質，接著就是引炁增加和再次迫入，到今日已經各迫入了數公升的量，還沒聽到什麼新發展。

至於其他人可就比較清閒了，瑪蓮、侯添良、張志文、吳配睿這專責外圍戰鬥的四人組，似乎也已經下了決心，整天沒事就拿著藤條、樹枝比劃功夫，也不知道是不是練習砍人，奇雅和黃宗儒的功夫不適合比劃，泰半在旁看著四人笑鬧。

而沈洛年每天下午到傍晚之間，都會出去一段時間，似乎是往西方探索，但眾人詢問他也不想多說，後來大夥兒除了交代他小心之外，也懶得問了。

今日中午眾人吃飽後正在閒聊，賴一心突然對沈洛年笑說：「洛年，你下午都去哪兒？」

「到處逛逛。」沈洛年這幾天都是這麼回答。

「往西逛嗎？」賴一心說：「我和瑋珊一起去吧？」

「你們倆去幹嘛？今天不吸收妖質嗎？」沈洛年有點意外。

「七公升之後，沒法再迫入了。」賴一心說：「可能是這裡的界限，我們打算帶一點妖質往西走，看看能不能再提升。」

「只是先帶著。」葉瑋珊補充說：「這幾天為了隱藏行跡，除了迫入妖質的時候，我們也很少運用炁息，出去外面可以多測試一下身體的狀態，看有沒有不良的反應，可以陪我們走走嗎？有你在比較安心。」

沈洛年並不想帶人出門，但如果兩人非得出去的話，爲了安全，不陪行倒也說不過去，葉瑋珊這種問法，倒是抓到他的弱點，他想想只好點頭說：「一定得出去試驗的話，就走吧。」

「我要報名！」瑪蓮馬上叫了出來：「阿姊也要去！」

瑪蓮這時已經隱隱變成那群調皮鬼的老大姊，眼看老大一開口，除了較沉穩的黃宗儒之外，其他三人馬上跟著叫：「報名！報名！一起去。」

吳配睿還跟著抱怨：「洛年偏心啦，我們求了三天都不理會，瑋珊姊一說就好。」

「是啊。」瑪蓮對吳配睿說：「小睿啊，誰教我們沒女人味，奇雅又不肯幫忙誘拐一下洛年，沒辦法。」

奇雅聞言不禁白了瑪蓮一眼，輕啐了一聲。

葉瑋珊卻聽得臉龐微紅，輕嗔說：「我們是有正事。」

「繼續悶下去，我們會生病的，這也是正事。」張志文一臉嚴肅地說。

「蚊子說得好！」瑪蓮一掌拍到張志文背後，哈哈大笑，打得他齜牙咧嘴地叫痛。

葉瑋珊苦笑了笑，沉吟著說：「大家都去的話……那舅舅和舅媽……」

「我們倆留下沒關係啊。」白玄藍微笑說：「這兒三天都沒妖怪，沒這麼倒楣吧？」

「不妥，要考慮到各種狀況，還是……乾脆大家一起出去走走？」葉瑋珊笑說：「舅媽和舅舅也悶了幾天了。」

「藍姊一起去吧。」瑪蓮笑說：「要是又遇到敵人，妳別出手就是了。」

白玄藍溫柔地笑說：「你們還沒問洛年答不答應呢，這麼一大群人黏著他。」

沈洛年看大家都企盼地望了過來，沒好氣地說：「只有今天喔。」

「大牌洛年！」吳配睿嘻嘻一笑跳起說：「快去拿刀子，免得洛年反悔。」

「不會反悔。」沈洛年站起身說：「但裡面眞的比較危險，我自己是沒炁息才敢往內走，帶著你們只能在外圍逛逛。」

「你走了多遠啊？」眾人準備的時候，白玄藍一面關切地問：「都沒找到懷眞嗎？」

「我走到距離中央山峰大概……三到五公里遠的地方。」沈洛年說：「之後強大妖怪太多太密，還不少在打架，就不敢繼續走。」

「咒誓之法，顯示懷眞在山峰上？」白玄藍又問。

「是往那個方向指去。」沈洛年頓了頓說：「但最後幾個影像很模糊，不知道是不是在山頂……說不定山裡面有洞穴之類……」

「她……」白玄藍嘆了一口氣，搖搖頭走開，一面低聲說：「在那兒做什麼啊？」也不知道是當真想詢問還是在自言自語。

沈洛年自然答不出來，這也是他一直想找到懷真問清楚的事情。

「既然都要出去，東西就都帶著吧，說不定有變故就不回來了。」葉瑋珊一面打點交代，一面回頭喊：「洛年，你的背包。」

「喔，對。」沈洛年倒忘了，這幾天他都拿著幾顆煙霧彈就出門，背包好久沒揹了。

沒過多久，眾人打理妥當，組成陣勢，在沈洛年指引下，順著山勢往西方移動。

這次移動的方式和三天前過來時可大不相同，沈洛年讓眾人距離拉近，一面走一面觀察，走走停停地行了十分鐘，才往前移動了幾公里。

眾人看沈洛年這麼緊張，一開始開心的心情也慢慢收斂下來，看著四面安靜的森林，不免都有點疑神疑鬼。

「這兒的妖怪，有些在收斂妖炁的時候，我感應的範圍也短。」沈洛年一面走，一面低聲對眾人說：「有些甚至要到數百公尺之內才能察覺，所以要很小心，還有，有的妖怪耳朵很靈，說話小聲點。」

聽他這麼一說，眾人更安靜了，走著走著，沈洛年又低聲說：「一心，你們倆要測試放出炁息？」

「嗯。」賴一心說：「不行嗎？」

「那就這兒試試。」沈洛年說：「再往前走，太密了，你們百公尺內就會被其他妖怪察覺，再前進很危險。」

「喔？」賴一心和葉瑋珊互看一眼，兩人同時放出凝縮著的炁息，一股壓迫力立即外湧。只見葉瑋珊周身泛出一片裹住她的紅芒，彷彿被火焰籠罩一般，臉都看不大清楚，眾人不禁驚呼讚歎，羨慕地看著葉瑋珊。

至於內聚型的賴一心，外表卻看不出什麼變化，直到賴一心將炁息運上銀槍，整條銀槍上面馬上騰起碧綠的光焰，賴一心突然往外跨出兩步，迅速地揮舞起那把漂亮的碧綠焰槍，只見綠光揮灑翻騰，一朵朵槍花往外急閃，突然賴一心輕叱一聲，身上泛出一片淡淡綠影，身子往上浮了起來。

眾人一看，都輕啊了一聲，忍不住低聲叫了起來。

賴一心浮起兩秒，又飄身落地，一面說：「可以支持一下子。」

「哇！飛……飛起來了？」瑪蓮一把抓住賴一心，又驚又喜地說：「我們什麼時候開始？」

「還不算能飛。」賴一心微笑說：「但攻擊飛縱時，能在空中稍微改變一、兩次方向，這就幫助很大了。」

「收斂炁息！」沈洛年突然說。

賴一心和葉瑋珊一怔，同時抑制炁息凝縮，一面看著沈洛年，沈洛年等了片刻才說：「沒事了，剛一公里外，有個妖怪好奇接近，收斂以後就走了。」

「差點嚇死人，很強的妖怪嗎？」吳配睿吐了一口大氣說。

「比牛頭人強不少。」沈洛年看了賴一心一眼說：「一心說不定勉強打得過，但打起來又會引起別的妖怪注意，盡量避免。」

牛頭人嗎？眾人打量著賴一心，剛剛散發出的那種感覺，確實似乎接近那種等級。

「你們倆身體有沒有感覺異狀？」白玄藍關心地問。

葉瑋珊和賴一心對視一眼，都搖了搖頭，賴一心還說：「感覺更有精神。」

「那太好了。」張志文嘿嘿笑說：「剩下的妖質大家分一分，一起有精神吧。」

「不行。」葉瑋珊搖頭笑說。

「瑋珊，還要等什麼？」瑪蓮一臉委屈地問。

「還要等我們出島，看看道息不足的時候，會不會受不了啊！」葉瑋珊看著眾人說：「你們不怕得一輩子住在這島上嗎？」

「若是不能出島，你們倆要一輩子留在這兒喔？」侯添良愣愣地說。

葉瑋珊臉一紅，正不知該怎麼回答這句話，張志文已經推了侯添良一把，賊笑說：「阿猴想說他們倆是亞當和夏娃對不對？」

侯添良一怔，咧嘴笑說：「哪有，明明是你說的。」跟著兩人又鬧了起來。

侯添良也就罷了，張志文一定是故意的，葉瑋珊臉更紅了，白了兩人一眼，才轉頭對沈洛年說：「我現在可以再次釋放炁息嗎？」

「嗯。」沈洛年說：「有妖怪接近我會提示。」

葉瑋珊點點頭，取出匕首，再度放出帶著艷紅焰光的炁息，一面揮手控炁，凝聚道息引炁，補充入自己體內，跟著也幫賴一心引炁，兩人補充滿炁息之後，葉瑋珊看著賴一心說：「要再迫一次嗎？還是再等兩天？」

賴一心考慮了片刻，點頭說：「再迫半公升，我來就好……不管結果如何，之後都要等出島測試適應狀態，才能繼續。」

「嗯。」葉瑋珊微微點了點頭，取出了半公升妖質，走近說：「開始了？」

「好。」賴一心自己在手掌處抹了抹了藥物，將左手伸出。

葉瑋珊以外炁托起包覆，將妖質對著賴一心手掌逼入，但那灘妖質雖然附在手上，卻一直沒能滲入，過了好片刻，葉瑋珊和賴一心對視一眼後，她一收妖質托起，搖了搖頭。

「已經到極限了嗎？」賴一心說：「剛剛的力量，比昨天大了不少呢！」

「我另外還有個感覺。」葉瑋珊收妥妖質，四面看了看說：「我們體內妖質含量如果不變，就算往道息更濃的地方走，可能也就這樣了，不會再提升……剛剛走來，最後一公里內，炁息的質都沒提升的感覺。」

「似乎是這樣沒錯。」賴一心說：「但只有這樣還不夠，還得想想別的法門。」

「隨你怎麼想都沒關係。」葉瑋珊凝視著賴一心，低聲說：「可不准隨便冒險。」

「不會啦！」不解風情的賴一心只顧著呵呵笑，對葉瑋珊話中蘊含的柔情，一點都沒反應。

葉瑋珊倒也習慣了，她苦笑轉頭說：「洛年，往回走吧。」

眾人走出一段距離，比較敢開口說話的時候，瑪蓮突然回頭說：「瑋珊，既然不吸收，怎不早點出島？」

「船還要四天才來。」葉瑋珊搖頭笑說。

「唉……」瑪蓮皺眉說：「能不能找軍艦來接人啊？反正外面一堆閒著的軍艦。」

葉瑋珊正不知該怎麼說，指路的沈洛年卻突然插口說：「不閒喔，很忙。」

「什麼？」瑪蓮詫異地轉頭。

「軍艦很忙。」沈洛年說：「昨天開始很多人輪番上島，島的北面打得很熱鬧。」

「眞的嗎？」瑪蓮興奮地說：「吼！洛年你有偷偷跑去看喔？居然不帶我去！」

沈洛年搖了搖頭說：「剛好看到。」

「剛好個頭啦！你千里眼啊？」瑪蓮忍不住笑說。

「幾十公里外而已。」沈洛年說：「飛到比樹高就看到了。」

「你這能亂飛的怪物。」瑪蓮不管說話不清不楚的沈洛年，轉頭對葉瑋珊說：「反正無聊，我們去幫打吧？」

「洛年，誰跟誰在打啊？」葉瑋珊望著沈洛年，有點意外地說：「沒聽你提過。」

「不關我們的事，所以沒提。」沈洛年索性停下腳步，回頭說：「總門部隊被擋在北面海邊，和南面的鑿齒打，牛首妖靠東南海岸，偶爾跑出來鬧一下，三方主要在Ｆ１、Ｆ２兩張地圖區戰鬥。」

「鑿齒能擋住練了四訣的大批總門部隊？」葉瑋珊詫異地說。

「我也不知道爲什麼。」沈洛年畢竟只是遠觀，加上沒興趣，看得不很清楚。

「大概總門那些人都是笨蛋。」瑪蓮笑說：「有陣勢和沒陣勢可是差很多。」

「不對。」葉瑋珊皺眉說：「幾萬人打仗，我們這種游擊用的小陣勢未必好用，軍團統籌配合另外有一套章法，那些本來可是軍人，表現的該比我們還好才對。」

「去看看就知道了啊……啊！」瑪蓮突然一拍手說：「洛年，主要是鑿齒和總門在打對不對？」

「好像是，怎麼？」沈洛年說。

「我們現在就從鑿齒背後殺過去。」瑪蓮笑說：「一路殺到總門那邊，這樣大力幫忙，他們總不好意思不借船給我們吧？」

這倒也有道理，眾人眼睛都是一亮，如果可以提早出島，就可以提早知道吸入大量妖質有沒有壞處了，白玄藍和黃齊也可以在比較好的環境語譯。

沈洛年卻說：「鑿齒很多很多人喔，穿得過去嗎？」

葉瑋珊忍不住白了沈洛年一眼，嗔說：「怎不早說？老是只說一半。」

關我屁事？沈洛年沒好氣地說：「我本來還懶得說呢！」

這人實在是……葉瑋珊忍不住好笑，想想又說：「大家覺得呢，要不要接近看看有沒有縫隙？」

「有洛年在，該可以找到路出去吧。」黃宗儒沉吟說：「可以從牛頭人和鑿齒的交界處走，他們不可能太過接近。」

有道理。葉瑋珊當即說：「宗儒好主意！洛年，麻煩帶路。」說完，葉瑋珊多看了黃宗儒一眼，一面對他點了點頭，她漸漸發現，黃宗儒似乎也挺有見地，反應也不慢，看來遇到困擾的時候，除了奇雅以外，還可以找他商量。

另外，張志文其實也挺聰明的，但是腦袋卻老是往不正經和開玩笑的方向轉，有點可惜；至於侯添良、吳配睿和瑪蓮，思路有點太過一直線，靈光的時候就不多了。

而賴一心和沈洛年，這兩人可就眞有點麻煩，沈洛年脾氣古怪難相處就不用說了，賴一心卻也太樂觀了，彷彿什麼事情都不會有問題，事實上現實往往並不是這樣，但他卻從沒學乖過……無論如何，不提感情問題的話，這兩人眞能幫上很大的忙，能認識他們，也算是自己的運氣。

若能順利出島，下次上噩盡島，舅舅和舅媽就不會來了……舅媽個性雖然比較溫和軟弱，但是大家都喜歡她，又是長輩，不管發生什麼事情，只要有她在，總覺得心底踏實些，她不在之後……葉瑋珊不禁有點惶恐，自己是否眞的有資格帶領白宗？

葉瑋珊當時這麼爽快地接任，倒不是因爲有信心，而是她看得出來，眼前除自己之外，沒有其他更適合的人，其實她本是個很容易過度擔心的人，這擔子對她來說壓力不小。

隊伍中，沈洛年正和賴一心並肩領頭，原來沈洛年現在常以妖炁托體，身形不再笨重，除戰鬥時需躲回炁牆中，平常大多在前方領路，這時正帶著眾人往東北方曲折前進，走著走著，沈洛年突然止住隊伍，低聲說：「左前方鑿齒，右前方牛頭人，都不少。」

「不少是多少？」葉瑋珊皺眉問。

「算不清楚。」沈洛年沉吟說：「好幾百或上千吧……不過鑿齒比較多。」

「稍偏左走吧，一心。」葉瑋珊說：「可以的話，盡量不要和牛頭人衝突。」

「嗯。」領頭的賴一心帶著隊伍稍偏往左，一面說：「若是一群牛頭人對我們衝陣，可能擋起來很吃力。」

應該是根本擋不住吧？不少人都吐了吐舌頭，當時和牛頭人聯手過數日，那群牛頭人衝鋒起來可真有點恐怖。

走著走著，突然聞到前方傳來古怪的焦臭味，眾人速度放慢了下來，沈洛年跟著說：「等等，前面似乎很多人……到處都是。」

到處都是？那可不能隨便出去，但眼前林木濃密，又看不清遠方的狀況，葉瑋珊正爲難，揹著雙手巨劍的張志文突然笑說：「瑋珊。」

「嗯？」葉瑋珊轉頭。

「我和阿猴去看一下如何？」張志文說。

「你倆要去？阿姊也去！」瑪蓮跟著說。

「阿姊別啦！」張志文笑說：「被發現了妳跑不掉，我們可以甩掉對方以後收斂炁息躲起來。」

瑪蓮一想也對，嘟起嘴，皺皺鼻子退開。

「你們有把握嗎？」葉瑋珊有點擔心地問。

「放心啦。」張志文回頭和侯添良對視一笑說：「我們還沒機會用全力跑長途呢！」

「是嗎？」葉瑋珊微微一怔說：「那一定要小心，志文、添良，辛苦你們了。」

「不辛苦啦！我們平常也沒別的事幹。」侯添良笑說。

「對啊，瑋珊別對我們這麼溫柔。」張志文嘻嘻笑說：「我們不是一心和洛年那種木頭，會心動的，萬一喜歡上妳怎麼辦。」

葉瑋珊一怔，臉上微紅地啐了一聲說：「胡說八道。」

「走吧、走吧。」張志文把那雙手巨劍揹在身後，和侯添良並肩去了。

兩人過去總是隨著隊伍行動，還眞的沒展露過實力，這時他們運起內炁托體，輕輕一踢地面，彷彿閃電一般地一溜煙飄了出去，兩個閃動就不見了蹤影。

「全輕原來可以快到這種程度？」黃齊不禁咋舌。

「缺點就是遇到強敵時，他們可能砍不進去，也不大能化散力道。」賴一心沉吟說：「我一直在想，有沒有可能有更好用的武器。」

「武器？」葉瑋珊詫異地說：「砍不入敵方炁息的話，好武器也沒用啊！」

「有沒有可能把武器變體啊？」賴一心忽然說。

「嗄？」大夥兒都是一呆。

「一心，你別亂來啊，哪有這種事情？」瑪蓮詫異地說。

「因爲不只是生物才能妖化啊……」賴一心搖搖頭，突然苦笑說：「想試驗的事情太多了，先不管這個，出去之後，我想和他們倆商量一下，看要不要換武器。」

「要他們換武器？」吳配睿詫異地說：「那不就要重新淬鍊武器和練招式？」

「過去不知道四訣的特性，更沒想到他倆會選輕訣。」賴一心沉吟說：「輕訣威力不足，但凝聚量越集中，就越銳利，分散在大型武器上，威力就降低了，他們也許該用短小一點的武器，雖然傷口會小一點，但還有機會破開強敵的護體炁息，添良的武士刀還勉強，志文的雙手劍實在不合適。」

「難道要他們用匕首？」瑪蓮詫異地說：「那種最小了。」

「不。」賴一心搖頭說：「除了暗殺偷襲之外，正面搏鬥時單匕首會吃虧……雙匕首的話，還不如用細長劍，雖然少了點威勢，但多了安全度。」

「我也在想……」黃宗儒說：「我是不是用雙盾比較好，不要帶刀了？根本用不到，而且造出兩片炁牆的話，靈活度會增加，平常分兩片，遇到強敵可以集中防禦，有人要出入炁牆內外時，也比較靈活。」

「有道理。」賴一心說：「這樣盾可以小一點，然後上面裝個尖刺，有需要的時候也可以攻擊，你可以改練刺法。」

「尖刺？」黃宗儒說：「你不是說盾面平滑比較好錯力？」

「對啊，上面裝，不是盾面裝。」賴一心比劃著說：「上面、上面。」

「像獨角仙的角嗎？」葉瑋珊含笑插口說：「盾的頂端。」

「對、對！」賴一心連忙點頭說：「就是瑋珊說的那樣，上面、盾頂端。」

「這樣不如裝在手握處的橫桿……也會抓得更穩。」黃宗儒沉吟著說。

「那我呢？」吳配睿搶著說：「這武器適合爆勁嗎？」

「我可不想換啊。」瑪蓮苦著臉說：「我都用了幾年了。」

賴一心點頭說：「妳們的都很適合。」

「回來了。」沈洛年突然轉頭說。

眾人目光轉過，果然張志文和侯添良正並肩飄回，兩人臉上都是驚訝的神色。

他倆落在隊伍旁停下，對視一眼，張志文才說：「北邊河口旁、海邊有片隆起的高地，從那兒開始被清開了……兩公里寬吧，森林全都燒光了。」

「燃料又不能帶多，不知道怎麼燒的……」侯添良說：「整個空了一大片。」

「然後那山丘上圍起了一大片麻袋沙包疊起的圍牆，周圍架滿了機關槍和火砲。」張志文接著又說：「裡面很多人，有變體者，也有普通士兵，好像還開始蓋房子了。」

「那山丘外的森林裡南邊躲著鑿齒，東南看到一些牛頭人，就是前面左右兩邊。」侯添良說：「不知道是不是準備打過去？」

「那個山丘圍起的範圍不小呢，至少也有五百公尺寬。」張志文又嘖嘖笑說：「總門似乎準備把部隊搬上來住了？」

總門真的上來建立據點？葉瑋珊暗暗詫異，莫非自己那天的胡謅產生影響了？

「現在怎辦？」侯添良問。

葉瑋珊問：「我們能穿過縫隙，直接衝到土丘上嗎？」

「應該沒問題。」兩人同時點頭。

「那就衝吧。」葉瑋珊說：「大家小心點，對了，記得說我們是在島上遇到洛年的。」

沈洛年倒沒想到還有這個問題，他啊的一聲說：「不然留包食物給我，我留在島上吧？否則妳怎麼解釋？」

「我就一問三不知，叫他們自己去問你。」葉瑋珊白了沈洛年一眼說：「別跟我說你不知怎麼應付。」

這倒不是問題，不理他們就好了，沈洛年這方面可在行，他嘴角露出微笑說：「原來妳早就想好了。」

「反正你也沒法自己到島中間，再多陪我們幾天吧？」葉瑋珊笑說。

「嗯……」沈洛年正要點頭，突然北方傳來一陣嘶喊怪叫聲，跟著遠遠傳來一連串的機槍聲、砲火聲，還有不少爆炸聲，眾人一呆，紛紛往北望，賴一心詫異地說：「打起來了？怎麼不等我們？」

等我們幹嘛？葉瑋珊白了賴一心一眼說：「該說還好我們還沒衝，萬一夾在中間可慘了。」

「鑿齒進攻了嗎？」黃宗儒說。

「去看看吧。」葉瑋珊說：「看有沒有機會過去，洛年？」

「嗯，走吧。」沈洛年早已感到整個戰場的變化，當下領著眾人，朝鑿齒空出的方位前進。

走到了森林邊際，果然遠遠看到森林外的妖界植物都已燒成粉末，前方殺聲震天，槍砲聲響不斷，眾人躲在莖幹後探頭偷看，卻見數公里外果然如侯、張兩人所言，海濱一處土丘上疊滿了沙包，圍成一個圓形堡壘，周圍萬餘鑿齒正狠命地往內撲。

那堡壘四面，架滿了機槍、火砲，這時正對外狂射，那些東西雖打不入鑿齒的護體妖炁，卻能將之擊退、炸翻，而且似乎還挺痛的，鑿齒們一面往上爬一面被打翻，個個齜牙咧嘴地怪叫不休。

偶爾也有騰空而起的鑿齒，但空中沒法借力，往往還沒接近就被打飛，更是難以接近。

「衝上去嗎？」賴一心問。

「不行。」葉瑋珊說：「這一片亂，他們不能停火，停火鑿齒也能進去。」

「不管他啊。」瑪蓮笑說：「大家躲無敵大的炁牆裡面，直接衝過去。」

確實也是，黃宗儒的炁牆足以抵擋這些武器而有餘，不過這樣就惹人討厭了，葉瑋珊遲疑了一下說：「先看看他們怎麼打的。」

「昨天這土牆還只有一半高……」沈洛年有點詫異地說：「倒是挺有效率。」

「畢竟是部隊。」葉瑋珊對這場仗很有興趣，不知道部隊會怎麼運用人數的優勢。

隨著鑿齒前仆後繼地往上擁，越來越接近堡壘時，突然堡壘西面一聲號響，那一排排沙包頂端後，冒起兩排變體軍隊，這些人服裝整齊，通通都拿著同個式樣的短劍，正是總門培育的兼修派部隊。

只見那群變體部隊一片黑壓壓的，一個連著一個十分緊密，似乎想盡量擠上越多越好，而兩排一排蹲前一排站後，一聲號令之下，突然一排劍炁掃了出去，只見衝在前方的鑿齒，倏然一個個斷頭滾倒，一下子死了一大片，連盾牌都擋不住這股力道，後面的一呆，又被機關槍和火砲打翻後滾，轉眼清出一片空地。

眾人看了大吃一驚，就算是練了四炁訣，兼修派的劍炁什麼時候威力變這麼大？幾乎不下於吳配睿、瑪蓮在近距離轟出的爆勁刀炁？

要知道劍炁破空飛行，在空氣磨耗下，一路還會損耗，除了越遠越弱外，兼修派的外炁威力也大大不如專修派，就算每個都練適合切割的輕柔心訣，也不該有這種威力，如果前幾日遇到的「共生聯盟」也有這種能耐，眾人恐怕沒法贏得這麼輕鬆。

在眾人驚訝中，鑿齒似乎並不氣餒，又重新往上撲，一樣被槍彈不斷擊退，直到逼到堡壘不遠處，劍炁的有效範圍內，又是一聲號響，每個人動作一致地往外揮劍，一排劍炁同時飛射，霎時鑿齒又倒了一大排，而且幾乎每個死狀都一樣，都是腦袋被劍炁憑空削斷，瞬間死亡。

鑿齒們眼看不對，一聲呼嘯下，迅速地往西南奔竄，退回森林之中。

眾人顧不得擔心被鑿齒發現，每個人這時都在想，總門部隊到底是怎麼辦到的？如果這樣的力量轟過來，黃宗儒的炁牆擋得住嗎？

「集中攻擊。」賴一心突然說。

「集中什麼？」瑪蓮問。

「他們劍炁都瞄準最近的鑿齒脖子攻擊。」賴一心說：「在號令下同時出手，就會同時抵達，威力就會累積起來一起作用……你們看，他們上面擠了幾千人，但一出手鑿齒只倒下最前面幾百個，並不是倒下幾千個。」

「大概有三千多人。」葉瑋珊聽懂了，目光掃過，心中粗略地估計一下說：「可能每個人都針對最近的鑿齒攻擊，所以就是最內圈倒一排……大概十個合力打一個吧。」

十個打一個嗎？那比自己強也不奇怪了，瑪蓮總算鬆了一口氣。

「總門這法門不錯。」賴一心讚賞地說：「很適合兼修者用劍炁合攻。」

「對我們卻有點不妙。」葉瑋珊皺眉說：「『共生聯盟』的人想必看在眼內，下次排個方陣，用這法門對付我們的話……」

「要先破陣。」賴一心點頭說：「不怕，有辦法的。」

「你不管什麼都說有辦法。」葉瑋珊忍不住好笑。

「眞的啊。」賴一心說：「以後不管敵人強弱，一律由我衝陣，瑪蓮、小睿在我身後破陣，其他不變。」

「你現在炁息確實比她們還強，但她們若也提升的話，還要這樣嗎？」葉瑋珊說。

「一樣。」賴一心點頭說：「敵弱，我擾亂敵勢，敵強，我化散威力，之後她們都容易發揮，太特殊的強敵，就要她們先躲入安全區，再看情況偷襲。」

「那之前爲什麼不這樣做？」瑪蓮好奇地問。

賴一心笑說：「沒想到。」

「你這糊塗一心。」瑪蓮推了賴一心一把，賴一心也只呵呵猛笑。

「鑿齒退了，我們要趁機進去嗎？」吳配睿看了看那面，突然詫異地說：「他們在幹嘛？」

眾人紛紛轉頭，望向聚集在西南面數公里外的饕齒大軍，卻見饕齒們一面發出怪叫一面不斷地蹦跳，不知在熱鬧什麼，莫非他們在慶祝剛剛的大敗嗎？

眾人正迷惑的時候，卻見饕齒群緩緩分開，一個不同於饕齒的妖怪，從森林深處緩緩走出，一直走到眾饕齒之前，彷彿是他們的首領。

那妖怪身材高大、手持盾斧、肩上無頭，胸口一對巨目，肚腹裂開血口，龐大的妖氣往外散發，直讓人不寒而慄，一時之間，誰也說不出話來。

片刻後，還是沈洛年先開口：「媽的，刑天！」

ISLAND
你們加油

葉瑋珊目光一轉，卻見沈洛年居然拔出匕首往前走，不禁吃了一驚，連忙一把將他抓住，輕叱說：「洛年你幹嘛?別動。」

沈洛年一挑眉說：「我繞去森林後面，看有沒有機會用煙霧彈砍那傢伙。」

「不准。」葉瑋珊抓緊沈洛年手臂，瞪眼說：「那妖怪有多強你忘了?」

沈洛年望著葉瑋珊片刻，漸漸冷靜下來，這才終於發覺自己確實有點找死，印象中刑天的動作比張志文等人還快，就算順利用煙霧彈裹住他，他只要單純亂揮大斧，自己該也無法欺近，說不定他一閃就能縱出煙霧圈，那更是沒拚，想到此處，沈洛年只好把匕首收了回去。

「下次吧……」賴一心也看著刑天說：「下次大家都變強，再和刑天拚一次。」

「拚得過嗎?」吳配睿咋舌說。

「不知道。」賴一心眉頭皺起，沉吟說：「上次沒測出對方實力，還是我去……」

「別想!」葉瑋珊也拉了賴一心一把，嗔說：「你想一個人先上去試試啊?」

「呃……」賴一心不禁乾笑說：「想想而已。」

一個個都這麼累人……葉瑋珊看看賴一心又看看沈洛年，發現自己正一手拉著一人，她微微一怔，有點慌張地鬆手低聲說：「反正你們都別衝動。」

沈洛年冷靜下來之後，仔細地打量對方妖炁說：「在這兒，刑天似乎弱了一點。」

「難怪牛頭人被逼到海邊……」黃宗儒說：「有刑天統領鑿齒，牛頭人怎麼打得過？」

「刑天應該不喜歡到道息較低的海邊來。」葉瑋珊也沉吟著說：「若刑天衝上去，不知道總門擋不擋得住？」

「如果擋不住怎辦？」賴一心說：「不管嗎？」

葉瑋珊一怔，說不出話來，若說要管，怎麼打得過刑天？若說不管，難道看著那批人被鑿齒剿滅？

突然那端刑天怪叫一聲，舉起斧頭揮舞著，鑿齒們也跟著舉起短矛呼喊，就這麼喊了一陣子，刑天斧頭一揮，領著鑿齒大軍，彷彿箭頭一樣往前飛衝，對著人類建造的堡壘衝了過去。

眞的上了！眾人注意力都集中過去，見領著鑿齒衝鋒的刑天，只維持在鑿齒群前方不遠，並沒用全力奔馳，而鑿齒的速度也不慢，不到一分鐘的時間，刑天和身後鑿齒大隊，已經開始往山丘上衝。

總門那邊雖然沒人遇過刑天，當初也聽過賴一心等人回報，知道這強大妖怪的存在，十幾挺機槍對著他集火姑且不提，那後牆上的變體部隊，目光都凝注在刑天身上，似乎也在等待著指示。

眼見刑天接近到了二十公尺以內，到達了劍炁的有效範圍，後面一聲號令傳出，部隊們同時揮劍，數百道劍炁對著刑天衝去。

這樣應該可以吧？在遠處觀戰的賴一心等人，雖然看不到劍炁，但看著每個士兵的目光，也知道大家的目標都是刑天，最好是眾人合力之下，把刑天直接宰掉，那就太美滿了。

當高速劍炁飛射到刑天身前的那一剎那，刑天盾身斜側，突然加速往左前方衝，一下子閃掉了大片劍炁，縱然有幾道沒躲過，也被他盾牌上強大的妖炁激散，只見速度陡增的刑天，一個點地已衝上土牆頂端。

糟糕！眾人大吃一驚時，堡壘那端已經一陣大亂，刑天巨斧一揮，龐大妖炁從斧面上往外發出，變體部隊那小小短劍不適合格擋，只一愣間，內牆上血肉橫飛，當場倒下一大排人。

眼看刑天就要直接衝了進去，突然土牆後冒出兩排持盾部隊，前蹲後站，一大片炁牆凝聚而出，重重疊疊組成一片，硬生生擋住了刑天的攻勢，將刑天硬擠出堡壘，而這時土牆外的鑿齒已經衝上，再度和牆內的變體部隊展開激戰，四面鑿齒的呼喊怪叫聲震天，但總門的變體部隊倒是一聲不吭，十分安靜。

卻說被震回土牆外的刑天，因為臉長在胸口，看不出表情，也不知道有沒有感到意外，只見他微微一頓，身子一繞，突然快速地沿著堡壘南端跑出了好幾十公尺，跟著往上一衝，再度對著一群短劍部隊衝去。

眼看刑天即將接近，卻沒有拿盾的變體部隊出現，眾人不禁暗暗擔心，看來持盾部隊數量遠不及劍隊，不是每個地方都有盾隊預備著，一般持劍部隊又擋不住刑天，若讓刑天衝破了這兒，鑿齒湧入，恐怕大事不妙。

就在刑天衝近的這一瞬間，隊伍後倏然冒出一人，彷彿一道藍色閃電，對著刑天正面衝了過去。

好快！不只比張志文、侯添良還快，簡直比刑天還快，大夥兒不禁都瞪大了眼睛，就連現在的賴一心都不敢和刑天正面對峙，那是一個怎麼樣的人物？

刑天似乎也有點意外，左盾稍護身軀，右手巨斧回揮破空橫劈，迎向那人，在斧面激起狂風暴捲間，卻見那人彷彿輕煙般地一扭身，已經閃過巨斧，飄過刑天右側，長劍一揮，在刑天右臂上畫出一道傷口，而且在空中御炁一繞，趁刑天還沒回頭之前，又繞到了另外一側，一眨眼又在刑天的背後破開一道傷口。

「好厲害！」賴一心興奮地說：「添良、志文快看，我就想要你們換這種武器，那人拿的……該是類似細扁劍的武器吧？」

「換武器？」剛剛兩人不在，這時同時一怔，不明白賴一心在說什麼。

「這種輕細、長尖、銳利的武器，才能發揮你們的輕訣威力，勁凝尖端、多用刺削、少用劈砍，才有機會破開對方妖炁。」賴一心一面思索一面說：「那人雖是兼修派，但一定是純輕訣……而且不只如此……到底怎能快成這樣？竟能砍入刑天妖炁，難道他體內妖質比我還多？」

「沒有。」沈洛年說：「那人炁息不比一般人多，但是……運行方式很特殊，不過他太快了，我也看不清楚。」

「運行方式？」賴一心一怔，微微點頭，似乎想到了什麼。

「換了就能這麼強嗎？」張志文大驚說：「那當然換！」

「不，還有別的原因。」賴一心凝視著那方說：「可能和氣功之類的運炁法有關……」

「運炁？」黃宗儒詫異地說：「不是說道武門人不需要練氣功、內功嗎？」

「對。」賴一心說：「我們是引道境之炁，而不是周天搬運、養丹練氣……但如果運用某些施放之法，或者會有特別的效果？」

「一心哥，你也學過氣功嗎？」吳配睿好奇地問。

「只有參考原理，沒有眞正練習，那很花時間。」賴一心說：「其實我前陣子也想過，引入的炁息，也許不該是一灘死水放著……」

一灘死水？沈洛年突然嗆咳了起來，怎麼好像聽過這種形容法？

「怎麼？」賴一心詫異地說。

「這個……」自己倒是差點忘了那件事情……沈洛年呆了呆說：「我聽人說過，炁息不該一灘死水般放著，應該……那個……運轉不休。」

「爲什麼跟你說這個？」賴一心詫異地說：「洛年你沒炁息啊？」

「呃……」沈洛年呆了呆才說：「是聽到別人的對話。」

「但氣功經脈走向，對我們來說實在太過繁雜……我們不需藉運行累積吸納，妖質化的身軀炁息又暢通無阻……」賴一心望著沈洛年說：「那人有說該怎麼運行嗎？」

沈洛年想了一下才說：「她說隨便流動都行，但最好找出適合的方式固定下來，習慣以後就不用花心思去注意了。」

「嗯！有道理、有道理……」賴一心用力點頭，但隨即又陷入沉思。

有道理嗎？沈洛年抓抓頭，有機會自己也試試看好了。

眾人對話的過程中，刑天似乎被那人惹火了，追著那人亂揮斧頭，不過那人實在太快，就這麼在刑天周圍繞來繞去，偶爾欺近刺上一劍，又倏然飄開，刑天還眞拿他沒辦法，但他雖能砍傷刑天，似乎也都只是皮肉之傷，沒法有效傷害刑天。

這時外圍的變體部隊和鑿齒的戰鬥也越趨激烈，鑿齒剛剛稍微失利就往後撤，這次統帥在前，可不退了，一群群前仆後繼地往前衝，而且有些鑿齒已經開始懂得閃避，對方既然對準喉嚨，那還不好閃嗎？部隊的劍炁幾下打空，馬上有一些鑿齒衝到了土牆前，準備往內翻。

但部隊那兒似乎也有預備，馬上號令變化，一組組隊伍瞄準的方位同時改變，有的攻胸、有的射腹，當然偶爾仍會對準了喉嚨發射，只不過這麼一來，不能再由後方統一號角控制，各小隊只好各自呼喊號令，速度和頻率馬上變得有些混亂，漸漸開始有鑿齒衝上牆頭。

但畢竟這兒有幾千人密密麻麻地站滿，鑿齒們在不斷死傷、打退的情況下，就算有少數幾個衝上牆頭，想站穩腳步還是不容易，很快就又被逼落。

不過幾分鐘的時間，堡壘四面滿是鑿齒，而自從鑿齒知道閃躲後，受傷的雖仍不少，但死亡的比率馬上大幅減少，上下攻防之間，變成一種僵持戰，一下子打不出結果。

當然，也有不少鑿齒圍在刑天周圍，想幫忙抓住那個藍色身影，但連刑天都抓不住，鑿齒接近又有何用？只見那道身影繞來繞去，鑿齒群不但攔不到他，反而還擋住了刑天的移動，而那人也不手軟，一面繞一面揮劍，附近鑿齒馬上躺下了好幾名，每個都被割斷了喉嚨。

刑天見狀一聲怪嘯，似是下令鑿齒往後讓，只見周圍很快就空出了一大圈，不再有鑿齒接近干擾。

突然堡壘中又一聲號角響起，一組組部隊越過人牆，往外衝殺出來，那些隊伍每隊大約二十人左右，組成一個銳角三角形，劍炁往前方不斷飛射，對著鑿齒殺去，這些人畢竟都練了四訣，就算劍炁沒集中攻擊，但若被被劍炁轟上身軀，鑿齒也難免受傷。

而三角形的尾端，則由兩名持盾者保護隊伍，卻是這種陣型，前方劍炁集中，敵人不易靠近，但到了末端開口處，因劍炁無法集中，就難免有破綻，這兒放上幾個負責防守的盾隊，倒是一個不錯的選擇。

這下子不再是死守著堡壘挨打，幾千名部隊分隊往外衝殺，戰術馬上靈活了起來，不過堡壘土牆上仍布滿了士兵，不敢鬆懈。

眾人看著血肉橫飛的戰場，心情隨著起伏、熱血澎湃，頗有點想上去廝殺，但又不知道爲什麼，這話似乎總覺得說不出口。

「一心，在這兒，我們可能比鑿齒稍弱？」瑪蓮突然說。

「倒也不會，鑿齒其實也有變弱。」賴一心回神說：「不過因爲大家都變弱，人數優勢就會明顯起來，衝陣沒有之前容易。」

「但一心哥和瑋珊姊，應該比之前還強吧？」吳配睿說：「既然增加七、八倍妖質，有強七、八倍嗎？」

「沒有這麼多。」賴一心笑說：「有強些倒是眞的，測試沒問題的話，你們也可以。」

「雖然饕鹵看來一下子打不進去，但似乎也沒打算撤退。」黃宗儒忽說：「兩邊都死不少人了。」

眾人望過去，果然到處都躺了不少人、妖屍體。

「這樣打下去……」張志文突然吐吐舌頭說：「萬一牛頭人衝了出來，那可麻煩。」

「對啊……」侯添良說：「還有，萬一刑天打贏那人更糟糕。」

賴一心說：「我倒是想近點看看那位擋住刑天的高手。」

葉瑋珊聽著眾人你一句我一句，搖搖頭苦笑說：「你們想上去幫忙嗎？」

眾人一下都停口，看著葉瑋珊，似乎不知該不該表示贊同。

沈洛年目光一轉，首先說：「幫打刑天嗎？」

賴一心微微皺眉，搖頭說：「我們隊伍中，我和瑋珊也許勉強有機會傷到刑天……但若刑天專攻瑋珊……我沒有把握能保護好她，我們還是先打饕鹵吧？」

沈洛年聽到打饕鹵，有點沒勁地說：「我們只和刑天有仇不是？」

「饕鹵是壞妖怪啊！」吳配睿抗議地說。

「又沒得罪我們。」沈洛年翻翻白眼說：「要不要直接撿條船走人？看，堡壘後面好多船。」

眾人錯愕中，葉瑋珊忍笑說：「洛年是怪胎，別理他。」

「反正我不適合打架。」沈洛年也不爭，攤手說：「要打也是你們打，由你們決定。」

「上去幫忙吧？」賴一心說：「若能協助總門把鑿齒殺退，刑天應該也不會久留，以後再找他算帳。」

「我也是這樣想。」葉瑋珊說：「讓他們僵持下去的話，戰役的結果，就決定於那人是否能持續擋住刑天，萬一他失敗，刑天無人可以阻擋，堡壘恐怕會失守，接著就是損失萬名以上的變體部隊，還有不少普通士兵，這也太慘了……」

「上吧。」瑪蓮馬上笑說：「別理洛年小子。」

「贊成。」吳配睿跟著忍笑說：「別理臭洛年。」

黃宗儒等人只點了點頭，他們可不好意思跟著喊「別理洛年」之類的話。

「舅媽、舅舅，你們覺得呢？」葉瑋珊回頭望。

「我也贊成。」白玄藍含笑說：「我們畢竟是道武門人，雖然和總門不合，遇到妖怪還是應該出力。」

「舅媽說得對，大家準備上，一心，你指揮。」葉瑋珊轉頭望向沈洛年，輕笑說：「洛年，來裡面休息。」

「那……你們加油。」沈洛年大搖大擺地晃到了內圈，運起妖炁減輕重量，準備發呆，至於渾沌原息的古怪上浮力道，除非打算高飛，沈洛年不大常用，那法門不知爲何，會把自己身體弄得不大穩定，一般狀況，以妖炁托體已經很足夠。

張志文噗嗤一笑說：「洛年，滅團的時候再拜託你用煙霧彈出手救命啦。」

「幹！誰跟你滅團，蚊子烏鴉嘴。」侯添良忍不住笑罵。

上次殺二十多隻鑿齒頭就痛得要命，上萬隻誰要玩啊？沈洛年馬上搖頭說：「這麼多鑿齒，我會直接逃命。」

眾人笑聲中，賴一心開口說：「我站前面，然後瑪蓮和小睿站我左右後方，黃大哥在兩人之間應變，其他人不變……我們先衝外圍試試，殺一段時間我會帶隊入海引炁恢復，有人提早沒炁就先入保護圈，萬一緊急就抽空引炁……都沒問題吧？」

賴一心等了兩秒，見眾人都沒說話，當下內炁透入銀槍中一抖，領著眾人往前奔了出去。

這樣一群十餘人的小隊從森林中奔了出來，鑿齒大軍根本懶得理會，只有幾個小隊伍回頭迎上。

兩方即將接觸，白玄藍的炁彈照慣例扔了出去，雖然這時的炁息強度不如過去，依然把一批鑿齒炸得陣型不穩，這也罷了，緊跟著飛出的卻是葉瑋珊的炁彈，只見她凝出的龐大炁彈上帶著淡淡紅光，第二批鑿齒見狀一呆，不敢不閃，這麼一來，後面衝來的第三波剛好遇上，只聽轟然一聲巨響，那十餘名鑿齒一下子血肉橫飛，死傷慘重。

吸收了妖質果然不一樣！眾人心中同時閃過這個念頭，這時被打散的鑿齒已再度衝近，賴一心一個人站在隊伍前端，泛著綠光長槍四面盤打旋繞，他不和對方硬碰，只一面帶著陣勢前進，一面引著對方的力量旋動，把敵方撥弄得身形不穩、站立不定，一個個到處亂滾。

賴一心這時無論技巧和力量，鑿齒都無法抗衡，只要進入槍圈，都沒法穩住身子，只看是用什麼方式翻倒。

這下吳配睿和瑪蓮可輕鬆了，對著地上亂滾的鑿齒砍就得了，兩人也不用管什麼招式，一刀揮下就是一顆腦袋飛起，一下子殺了一大片，居然沒留下幾個給後面的人砍。

「嗄？沒事做啊？」侯添良詫異地喊。

「事情來囉。」賴一心喊：「轉！」

賴一心一轉方向，繞往西北，順著邊緣往外切，彷彿剃刀一樣，雖然穿入鑿齒群中，但是卻靠在外緣走，這樣方位一轉，加上往前移動，周圍馬上有大群鑿齒包了上來，敵方能力不強，奇雅不考慮協防，炁凝如鞭，從下方往外揮灑鞭打，一樣以打翻鑿齒為目的，侯添良和張志文也開始忙了，兩人身形如電，四面閃動切割，動個不停。

不過現在身處島嶼外側，體內炁息威力降低，割傷鑿齒容易，想砍深就有點困難，不少鑿齒受了刀劍傷，依然往內猛撲，還好黃齊居中防禦，把不怕死逼入的往外迫，加上有黃宗儒炁牆、奇雅的炁鞭，鑿齒一時也不易接近。

葉瑋珊卻沒有炁彈連發，她在陣勢中隨隊移動，四面觀看，偶爾才扔出一顆強大的炁彈。卻是現在她凝聚的炁彈威力雖大，但也耗用更多的炁息，而且凝聚的時間也較長，若敵方沒有大量聚集，她也不想隨便扔出，而敵方陣勢如果鬆散，賴一心加上瑪蓮、吳配睿組成的箭頭，自能勢如破竹，也不用她耗用外炁。

很快地，沿著外圍切割的白宗隊伍，一路從南邊沿著弧線往西殺到北面，身後留下了不知多少鑿齒屍體，這時終於驚動了鑿齒大隊，不少擠不進去攻打堡壘的鑿齒，憤憤地轉頭對著眾人撲來。

眼看近千人擁來，賴一心不敢大意，帶著隊伍往北岸繞，在海邊展開大戰，這樣一來大家可都忙了，葉瑋珊也不省炁彈，一顆顆往外扔，每下都炸翻一大群鑿齒，穩穩站在隊伍前端的賴一心、吳配睿、瑪蓮三人組，更像是奪命煞星，賴一心碧綠長槍四面閃動飛旋，將一片片擁上的鑿齒撥倒往內推，分送給吳配睿、瑪蓮兩人砍頭，只不過半分鐘的工夫，一下子周圍躺了滿地屍體。

侯添良和張志文看自己砍不死對手，兩人一面打一面商量，突然一起改變招式，對準敵人要害攻擊，雖然砍不深，但如果刺向眼睛或砍向喉嚨，造成的傷害可也不小，這麼一來，兩人倒是惹怒了不少鑿齒，不少人轉向他們追殺，兩人在左右側被逼到沒處跑，手腳不慎挨了幾下擦傷，最後只好翻身躲入黃宗儒的炁牆之中，吐著舌頭喘氣包紮。

這麼一來，除了賴一心那一面，周圍的壓力都集中到了炁牆上，雖然奇雅不斷地以炁鞭往外掃，驅趕鑿齒，但除了讓敵人不斷打滾之外，也沒法很有效地造成傷害。

此時欺近的鑿齒正拿著短矛不斷向炁牆鑽刺，黃宗儒的凝訣固然堅實，頂住周圍的攻擊，但這樣耗下去炁息也是損耗十分快，白玄藍見狀，開始幫黃宗儒引炁補充，反正她現在炁彈威力不大，除了把敵方炸翻，也沒有太大的效果。奇雅也不再使用炁鞭，改放出一片柔性炁牆在外多裹上一層，以降低對方長矛穿刺的威力。

現在除了賴一心等三人外，只剩下葉瑋珊的外發炁彈能傷敵，反正這時周圍擠得滿滿，炁彈威力倒是毫無保留地展現，一發就躺下一片，但相對地，黃宗儒也漸漸吃力，就算白玄藍不斷替他引炁，也比不上外圍消耗的速度。

正吃力時，周圍突然一陣亂，原來一些從堡壘中殺出的變體部隊恰好殺到附近，對著圍著眾人的鑿齒猛攻，鑿齒們被內外交擊，隊伍大亂，不少鑿齒紛紛往外衝，裡面的壓力陡然降低，已經回過氣的張、侯兩人，又翻身衝了出去。

但變體部隊卻頂不住鑿齒的攻擊，鑿齒一陣衝殺，又把他們逼退，不少小隊也退到海水淺灘中暫歇，眼見對方又將合圍，賴一心喝聲說：「走！」帶著隊伍一轉，往海岸邊衝去。

到了海中，鑿齒果然氣憤地停下，一個個在岸上怪叫，眼看對方不敢接近，賴一心這才說：「引炁。」

黃宗儒這才把炁牆收了起來，一面搖搖頭喘氣，凝訣化成的炁牆與他內炁緊密聯繫，這麼連續受到重擊，震盪不斷傳回，身體可也有點吃不消。

白玄藍除自己以外，負責黃齊、侯添良、張志文三人的引炁工作，這三人損耗的量都不算太大，白玄藍很快地引炁妥當，看葉瑋珊還在幫賴一心引炁，她一面轉頭幫黃宗儒引炁，一面有點為難地說：「若我離開，瑋珊和奇雅會更辛苦……我還是留下吧，就算不出手，至少可以幫大家引炁。」

葉瑋珊剛補充好賴一心的分量，正開始替自己補充炁息，聽到白玄藍的話，她和賴一心對視一眼，這才說：「舅媽妳別擔心……總有辦法的。」

「怎麼妳也說『總有辦法』？」白玄藍含笑說：「是跟一心學的嗎？」

「不是啦。」葉瑋珊臉微微一紅，搖頭說：「我和一心昨天討論到，如果在道息比較足的地方，也許一心和宗儒，可以嘗試自行引炁，只是會慢些。」

黃宗儒一呆說：「我可以嗎？」

「引炁的原理是以道術聚集道息，開啓道境門戶，引入炁息。」賴一心接口說：「只要炁息能迫出體外，就有機會辦到……我是因爲吸收妖質夠多，引入的炁息逐漸足以外推，你卻是因爲凝訣的特殊凝聚效果，讓你放出體外之後仍能聚集成型……只是還沒時間測試細節，我們就出來了。」

「對，我怎沒想到？」黃宗儒有點興奮地說：「那以後只要敵人攻勢稍弱，我就可以找機會自行引炁了？」

「戰鬥的時候最好還是讓別人引炁，免得有意外。」賴一心搖頭說：「其實若非逼不得已，最好戰鬥的時候都別引炁，發散者的戰力也很重要。」

「諸位、諸位。」一旁突然有隊二十人左右的變體部隊踩著海水走近，一面打招呼一面詫異地說：「不知是哪兒的宗派？」

眾人停止討論，紛紛轉頭，葉瑋珊開口說：「我們是台灣白宗……諸位辛苦了。」

「你們眞行！」領頭的隊長也只是個二十出頭的年輕人，他比出大拇指，羨慕地說：「聽說這法門叫專修？佩服、佩服，十個人比我們幾百個還強。」

「我們是專修派沒錯。」葉瑋珊點頭說，卻見眼前這群大男生，目光已經轉到了穿著清涼的瑪蓮和吳配睿那兒上下打量，葉瑋珊不禁一面搖頭一面暗暗好笑，如果遇到需要好好談話的對象，對方也只顧著看瑪蓮大腿，那可有點麻煩，難道自己也該穿得吸引人一點？

想到這兒，葉瑋珊瞄了賴一心一眼，心中暗暗懊悔，這三天沒怎麼打理，恐怕有點蓬頭垢面……反正自己又不用揮拳動腿，是不是以後該考慮穿比較有女人味的裙裝？不過考慮飛縱的可能，不能穿輕飄飄的褶裙，裙子裡面也得稍微留意……

「要一起上嗎？」賴一心眼看眾人引炁引得差不多，突然對那群總門部隊說。

那群人一呆，詫異地看著賴一心。

「你們這種陣，比較不擅於應付欺近的敵人，但可以快速遠攻、逼退敵人。」賴一心說：「我們現在後衛戰力稍微不足，若你們排在我們前隊和後隊之間，分兩面朝外，彼此可以互補。」

「一心？這樣不好吧？」葉瑋珊吃了一驚，怎麼連別人都拉進來了？

「加上他們比較好，在這地方，我們後隊缺乏有效迫退敵方的能力，只靠宗儒支持不了太久。」賴一心對葉瑋珊說完，回頭望著那群部隊笑說：「除非你們不願意。」

「試試吧？不行就撤退回來。」那隊長似乎也起了點興趣。

「那就跟著我們這三個人走，最後兩個持盾者和宗儒的炁牆連在一起。」賴一心指揮說：「黃大哥、志文、添良你們三個殿後，負責打退追上的敵人……大家上吧！」說完賴一心一揮槍，眾人又從海面衝了出去。

這糊塗一心……葉瑋珊來不及開口，只能大皺眉頭，這批人在總門命令下戰鬥，如有死傷，也怪不到白宗頭上，但帶著他們打，若不小心讓這批人損失了，怎麼跟總門交代？

但這時也沒空解釋，葉瑋珊匕首一指，紅色炁彈正對著迎來鑿齒砸，卻見那些總門部隊一聲叱喝，二十道劍炁往前飛射，劍炁飛行速度遠比炁彈快，一下子打翻了三、五個鑿齒。

看那劍炁打上鑿齒時帶著爆勁，眾人都發現不對，原來這些人並非輕柔雙修，而是和劉巧雯一樣的輕爆雙修，所以劍炁又快，威力又大，兼有爆輕兩訣的優點，但這兩訣都缺乏防禦能力，難怪鑿齒一接近，他們就只能往後撤退。

這樣的練法，威力雖然沒有爆勁大，但移動速度和攻擊速度都有不小的提升，若有人護衛的話，也是挺好用的……而土牆上那一整排若也都是這種練法，只要不讓對方衝上去，戰力確實比輕柔大上不少……

換個角度說，也正是因為這樣，所以刑天衝上去的時候，雖有一整排人聚在一起，卻連一點點阻擋的能力都沒有。

在眾人思考的同時，白玄藍、葉瑋珊的炁彈抵達鑿齒群，也轟的一聲炸得鑿齒人仰馬翻，此時總門部隊劍炁不停，配合著號令連發，一組組劍炁迅疾破空飛射，更把鑿齒打得有些亂了手腳，這時賴一心領著隊伍衝到，長槍翻滾擊打，配合著後面兩把長短奪命刀，一下子殺得血流成河。

賴一心還有空回頭說：「總門兄弟，你們主要打左右兩面。」

那些部隊一怔，這才發現前面果然不用操心，當下轉向左右，劍炁亂發，把鑿齒們逼在數公尺外，無法靠近。

賴一心這次不準備停下腳步，一路繞著鑿齒衝殺，鑿齒眼見沒法從前方擋住賴一心，紛紛往兩面散開，對著隊伍側面、後面包去，但賴一心很快又領著隊伍迴轉變形，轉從敵方的側方攻入，就這麼帶著隊伍不斷來回盤旋，把鑿齒陣型切得七零八落。

那兩排兼修者部隊，殺傷力雖稍弱，但因爲都是帶著爆勁的遠攻劍炁，可以有效的阻截、減少鑿齒接近隊伍，也因爲前方不用操心，所以他們的劍炁除了左右之外，偶爾也會往後發射，幫黃宗儒建構的防護炁牆左右也清開一段距離。

排在最後的張、侯、黃三人，雖然殺傷力不夠強，但只要有騰挪的空間，倒也可以發揮，在隊伍不斷往前走的情況下，三人不只沒有後顧之憂，還可以不斷後撤，擁有無盡的閃躲空間。只見張志文、侯添良突然閃出又突然閃回，再度恢復了靈動快速的優勢，針對著對方要害削刺，若對方要害防守緊密，就轉砍對方雙腿幾下，讓對方痛得追不上也是個辦法。

至於黃齊，他一面隨隊伍移動，一面專心做好防禦的工作，不斷把少數逼近的敵人攻勢化解掉，有效減少內側炁牆的壓力，偶爾才順勢劈個一劍，但若讓他砍到，殺傷力還比張、侯兩人大些。

防護圈內既然安穩，三個發散者自能安心地不斷往外攻擊，葉瑋珊和白玄藍的炁彈不用說，連奇雅的鞭勁也越打越快，抽扭之間不但把對方帶起飛甩，有時還把對方關節脆弱處直接擊斷。

卻是奇雅漸漸發現，柔訣不適合發出炁矢、炁彈，若不打算催出頗費炁息的炁柱遙攻，只能運用這種速度較慢的炁鞭勁攻擊，但相對地，因爲含而不放，聚集不散本就是柔勁特長，自己該運集更大量的炁勁出手才是，當下奇雅聚集炁息成鞭，到處亂揮，攻擊力又提升了一個層次。

但炁鞭速度稍慢，留意到的鑿齒，想閃避並不太困難，問題是想閃就得跳，這麼跳來跳去，身形自然不穩，還是不免被隊伍其他人擊倒。

這群白宗和總門部隊組合的隊伍，到處亂衝，擁過來的鑿齒不斷倒下，沒過多久，地上到處都是鑿齒死亡的屍體，但周圍仍是滿滿的敵人，賴一心突然一聲喝叱，帶著眾人一轉方向，對著鑿齒的大部隊，也就是堡壘的方位殺去。

沒搞錯吧？眾人都吃了一驚，雖然鑿齒似乎完全不是對手，但這樣打法，十分消耗炁勁，若衝進去衝不出來又該如何？可是這時總不能不跟著衝，當下眾人身不由己，跟著賴一心身後殺去。

雖然眾人殺起鑿齒彷彿勢如破竹，但兩次衝擊到現在爲止，頂多殺了數百名鑿齒，對萬餘鑿齒大軍來說，只是小小一部分，在這混亂的戰場上，理會這群人的其實不多，不過隨著賴一心這麼胡衝亂撞，注意到眾人的人漸漸變多，有些鑿齒被劍炁沒頭沒腦打了兩下，有的被砍斷的屍塊砸到，更有不少被炸飛噴散的血雨淋個滿頭，許多鑿齒火上心頭轉身追擊，沒過多久，又是千多名鑿齒追著這小小部隊跑，想先把這群人殺了再說。

但鑿齒大軍還沒來得及整個包上，賴一心卻又突然轉向衝了出來，一路奔回海中。

鑿齒沒能追上，許多火大的鑿齒騰空飛起，朝眾人追擊，但除了被各種炁勁攻擊之外，還有他們最討厭的海水迎面灑來，鑿齒們只好退回海岸，一面在外面哇哇亂叫，居然不肯離開。

「快引炁。」賴一心沉聲說：「沙袋牆那兒快撐不住了。」

眾人剛剛才殺出重圍，心還狂跳著，沒想到突然聽到這句話，轉頭望向那端，果見鑿齒已逼到堡壘外側，最外圍的火砲牆早已崩落，機槍組成的火網完全失效，只靠著內牆變體持劍部隊死命揮劍抵擋，勉強擋住鑿齒衝勢。

而另一面刑天和那高手仍在糾纏不休，刑天打不到對方，對方卻也砍不跑刑天，也不知道是刑天動作變快還是那人速度變慢，刑天似乎漸漸佔了優勢，那藍衣人只能在外圍不斷地旋繞，看樣子也有些不妙。

眼看兩處戰況都不樂觀，眾人不由得有些心驚，不管哪邊先支持不住，這堡壘內外萬餘人都會糟糕，就算所有人衝向海邊逃命，恐怕也會死一半以上。

有辦法阻止這種情況發生嗎？在這狀況下，自己這一行人，除了能多殺幾名鑿齒之外，還能做些什麼？眾人正狐疑間，卻見賴一心露出笑容說：「下次我們殺到裡面去，沒問題的！」

沒問題嗎？眾人面面相覷，誰也說不出話來。

《噩盡島　4》完

還是…
不要接好了…
葉瑋珊
DO
DO
RU
DO
RU

GAEA

下集預告

噩盡島 5　*2010年1月初轟動登場！*

道息也有隨身補充包？

能夠吸收道息增殖的息壤，其關鍵特性爲何？
此傳說中鯀用以防堵洪水之物，
在洛年研究下竟有奇特用途？

洛年隻身深入島中尋找懷眞，卻遭遇超巨大刑天，
但咒戒玄靈指示之處，竟就在那恐怖巨妖的背後！

在原息聚集下，畢方、窮奇等強大妖獸陸續現身，
更有皇族與王者等級的最強妖怪等著來到這世界，
此時原息卻出現莫名的變化，除了噩盡島外，
竟冒出成千上萬個原息聚集處……

莫仁最新異想長篇，即刻翻轉你所認識的世界！

國家圖書館出版品預行編目資料

噩盡島／莫仁 著.——初版.——台北市：
蓋亞文化，2009.12-
冊；公分.

ISBN 978-986-6473-47-0（第4冊：平裝）

857.7 98015891

悅讀館 RE214

噩盡島 4

作者／莫仁
插畫／YinYin
封面設計／克里斯
出版社／蓋亞文化有限公司
地址◎台北市103赤峰街41巷7號1樓
電話◎（02）25585438 傳眞◎（02）25585439
部落格◎gaeabooks.pixnet.net/blog
臉書◎www.facebook.com/Gaeabooks
電子信箱◎gaea@gaeabooks.com.tw
投稿信箱◎editor@gaeabooks.com.tw
郵撥帳號◎19769541 戶名：蓋亞文化有限公司
法律顧問／宇達經貿法律事務所
總經銷／聯合發行股份有限公司
地址◎新北市新店區寶橋路235巷6弄6號2樓
電話◎（02）29178022 傳眞◎（02）29156275
港澳地區／一代匯集
地址◎九龍旺角塘尾道64號龍駒企業大廈10樓B&D室
電話◎（852）27838102 傳眞◎（852）23960050
初版十一刷／2017年3月
定價／新台幣 220 元
Printed in Taiwan

ISBN／978-986-6473-47-0

GAEA

GAEA